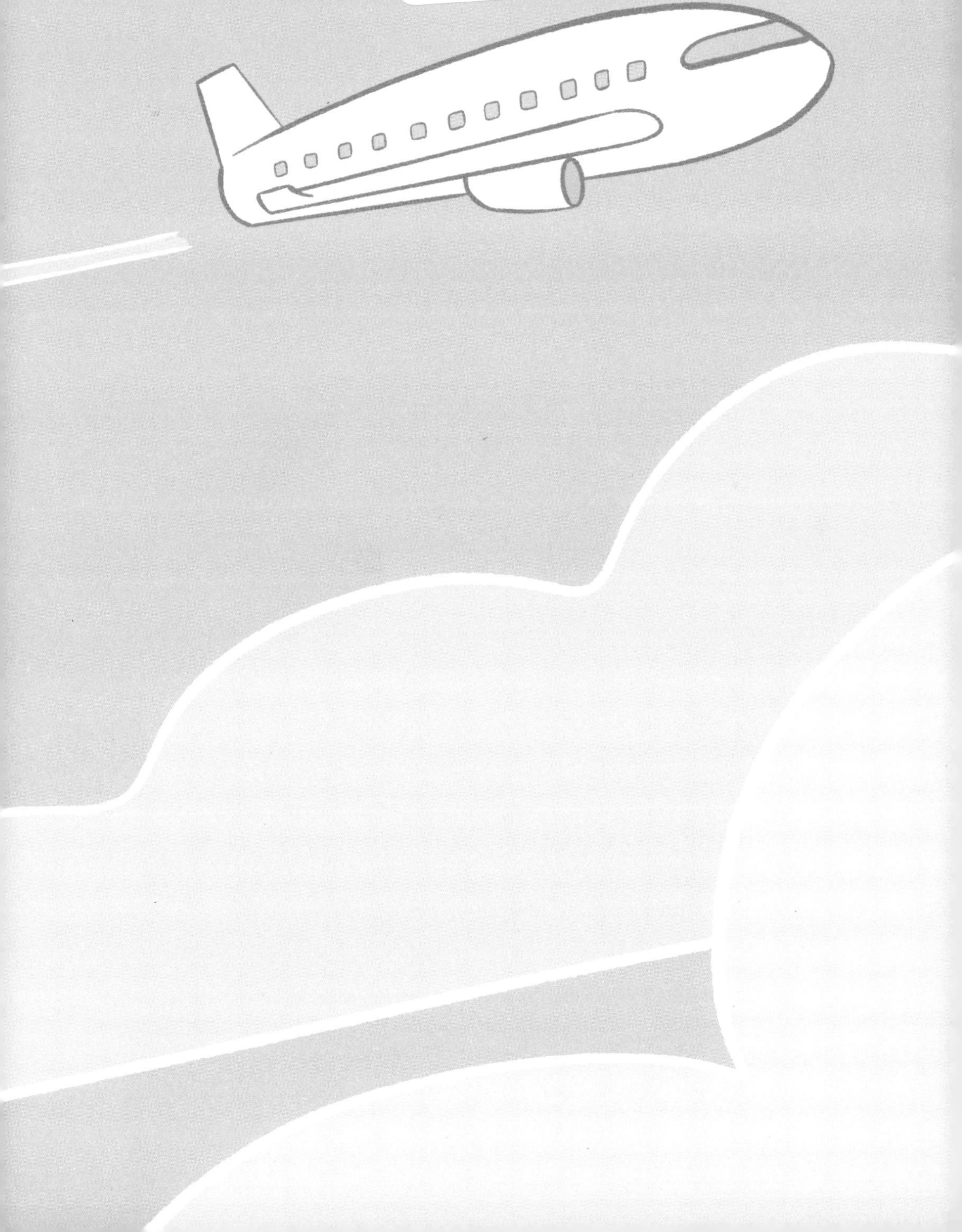

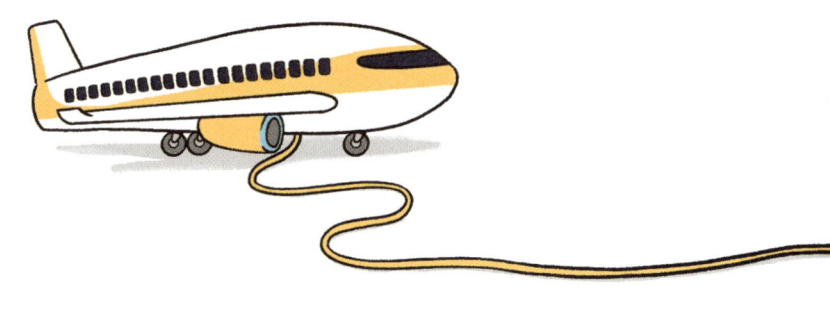

EN MODO AVIÓN

EN MODO AVIÓN

UNA HISTORIA DE **AZAFATA HIPÓXICA**
ILUSTRADA POR **CINTA VILLALOBOS**

Grijalbo

PRIMERA EDICIÓN: OCTUBRE DE 2022

© 2022, ANDREA ENRÍQUEZ COUSIÑO
© 2022, CINTA VILLALOBOS, POR LAS ILUSTRACIONES
© 2022, PENGUIN RANDOM HOUSE GRUPO EDITORIAL, S. A. U.
TRAVESSERA DE GRÀCIA, 47-49. 08021 BARCELONA

PENGUIN RANDOM HOUSE GRUPO EDITORIAL APOYA LA PROTECCIÓN DEL COPYRIGHT.
EL COPYRIGHT ESTIMULA LA CREATIVIDAD, DEFIENDE LA DIVERSIDAD EN EL ÁMBITO DE LAS IDEAS Y EL CONOCIMIENTO,
PROMUEVE LA LIBRE EXPRESIÓN Y FAVORECE UNA CULTURA VIVA. GRACIAS POR COMPRAR UNA EDICIÓN AUTORIZADA
DE ESTE LIBRO Y POR RESPETAR LAS LEYES DEL COPYRIGHT AL NO REPRODUCIR, ESCANEAR NI DISTRIBUIR
PARTE DE ESTA OBRA POR NINGÚN MEDIO SIN PERMISO. AL HACERLO ESTÁ RESPALDANDO A LOS AUTORES
Y PERMITIENDO QUE PRHGE CONTINÚE PUBLICANDO LIBROS PARA TODOS LOS LECTORES.
DIRÍJASE A CEDRO (CENTRO ESPAÑOL DE DERECHOS REPROGRÁFICOS, HTTP://WWW.CEDRO.ORG)
SI NECESITA FOTOCOPIAR O ESCANEAR ALGÚN FRAGMENTO DE ESTA OBRA.

PRINTED IN SPAIN - IMPRESO EN ESPAÑA

ISBN: 978-84-253-5992-7
DEPÓSITO LEGAL: B-13.833-2022

COMPUESTO EN M. I. MAQUETACIÓN, S. L.

IMPRESO EN ÍNDICE, S. L., BARCELONA

GR59927

A MIS COMPAÑEROS DE PROFESIÓN Y A LOS PASAJEROS
QUE NOS ACOMPAÑAN EN EL VIAJE

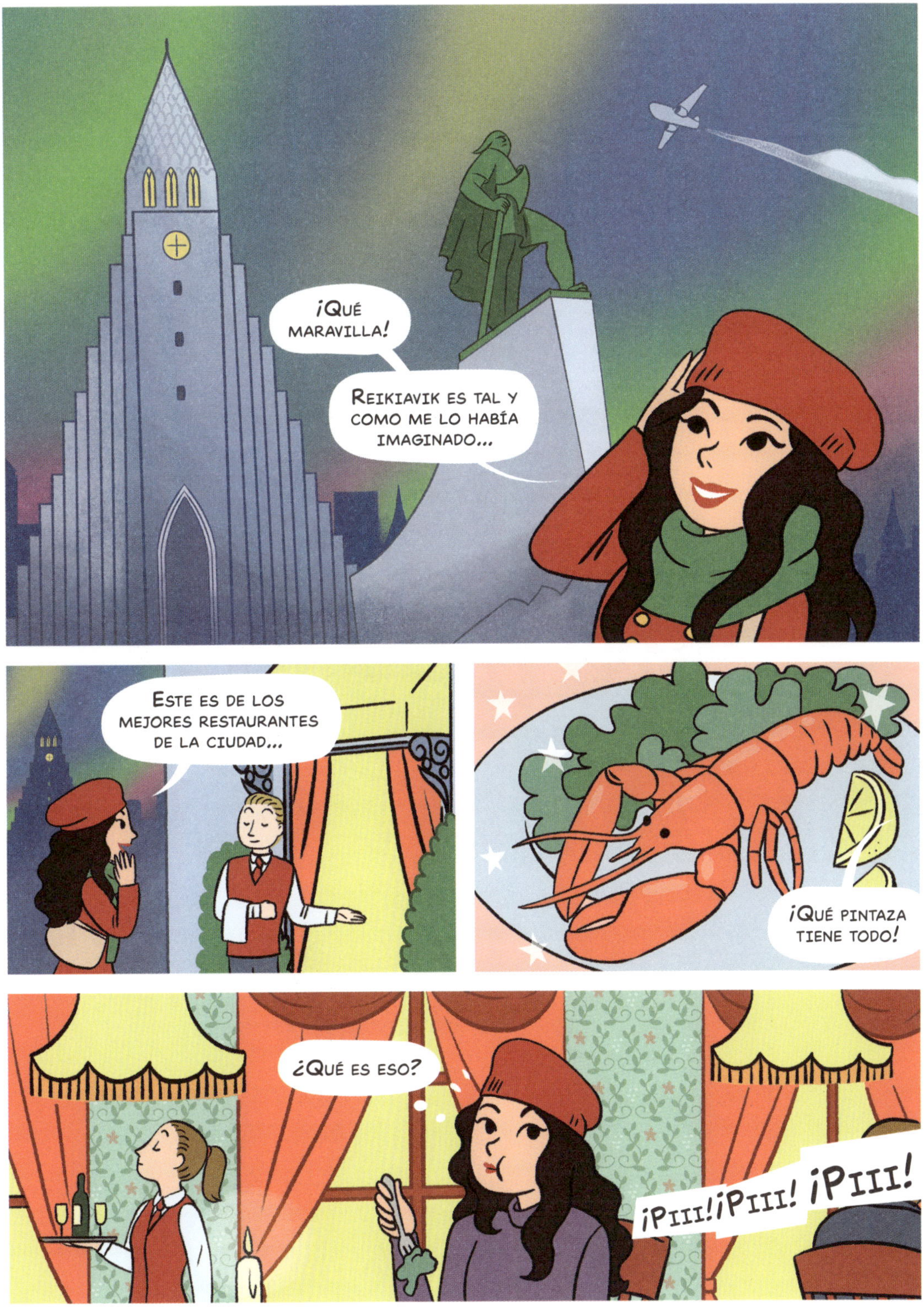
¡Qué maravilla!
Reikiavik es tal y como me lo había imaginado...
Este es de los mejores restaurantes de la ciudad...
¡Qué pintaza tiene todo!
¿Qué es eso?
¡Piii! ¡Piii! ¡Piii!

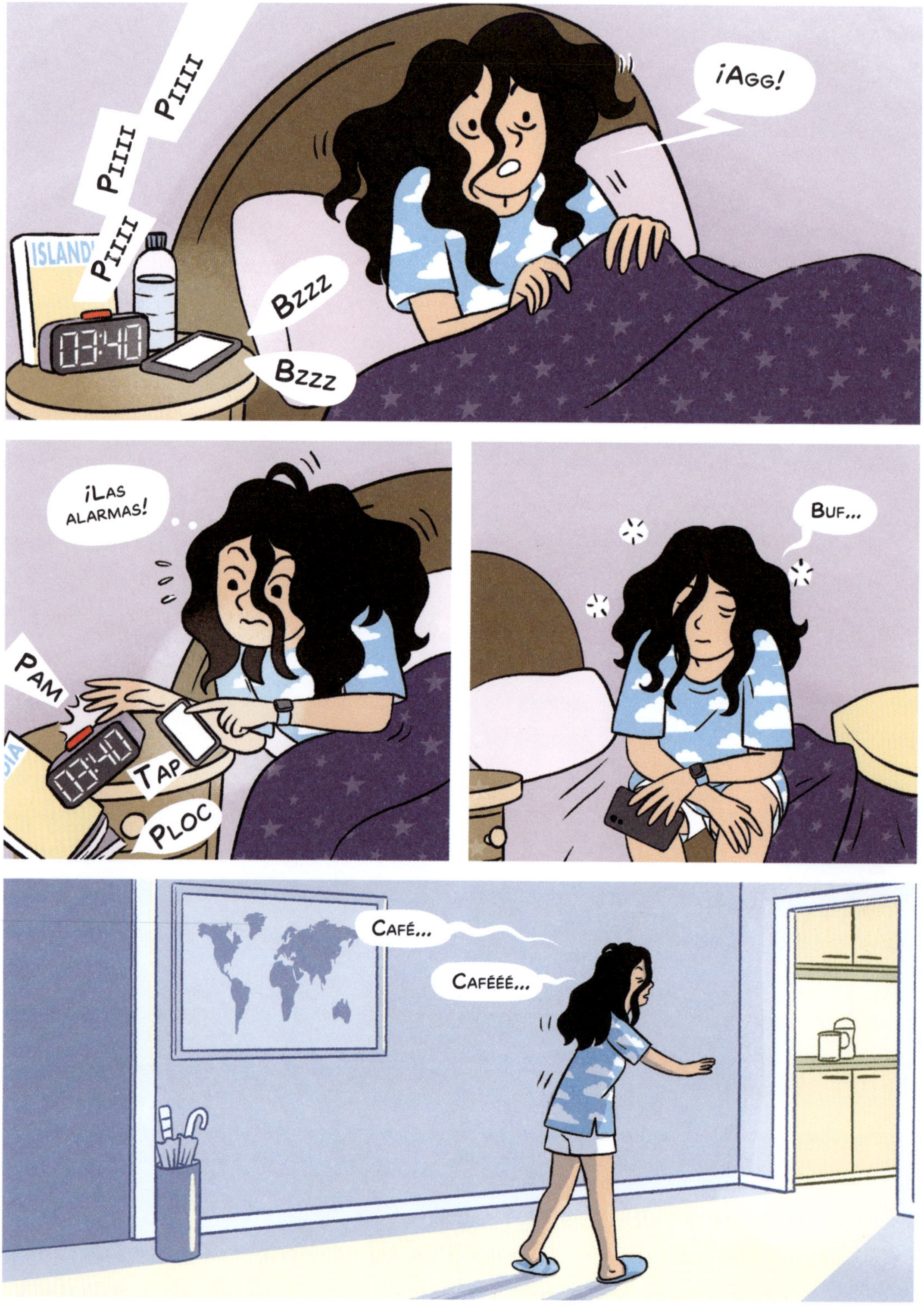
PIIII
PIIII
PIIII
ISLAND
03:40
¡AGG!
BZZZ
BZZZ
¡LAS ALARMAS!
PAM
03:40
TAP
PLOC
BUF...
CAFÉ...
CAFÉÉÉ...

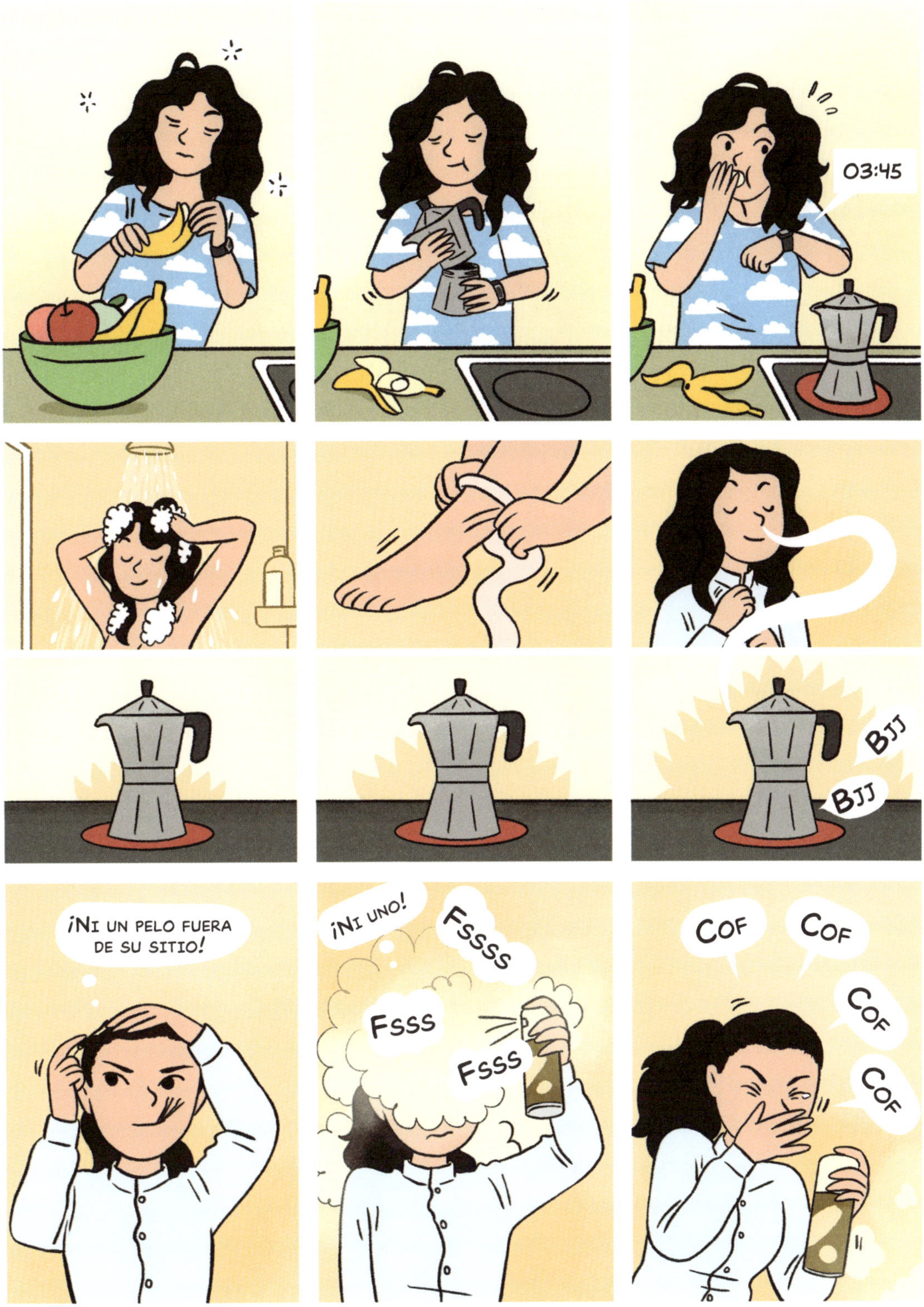
03:45
BJJ
BJJ
¡NI UN PELO FUERA DE SU SITIO!
¡NI UNO!
FSSSSS
FSSS
FSSS
COF
COF
COF
COF

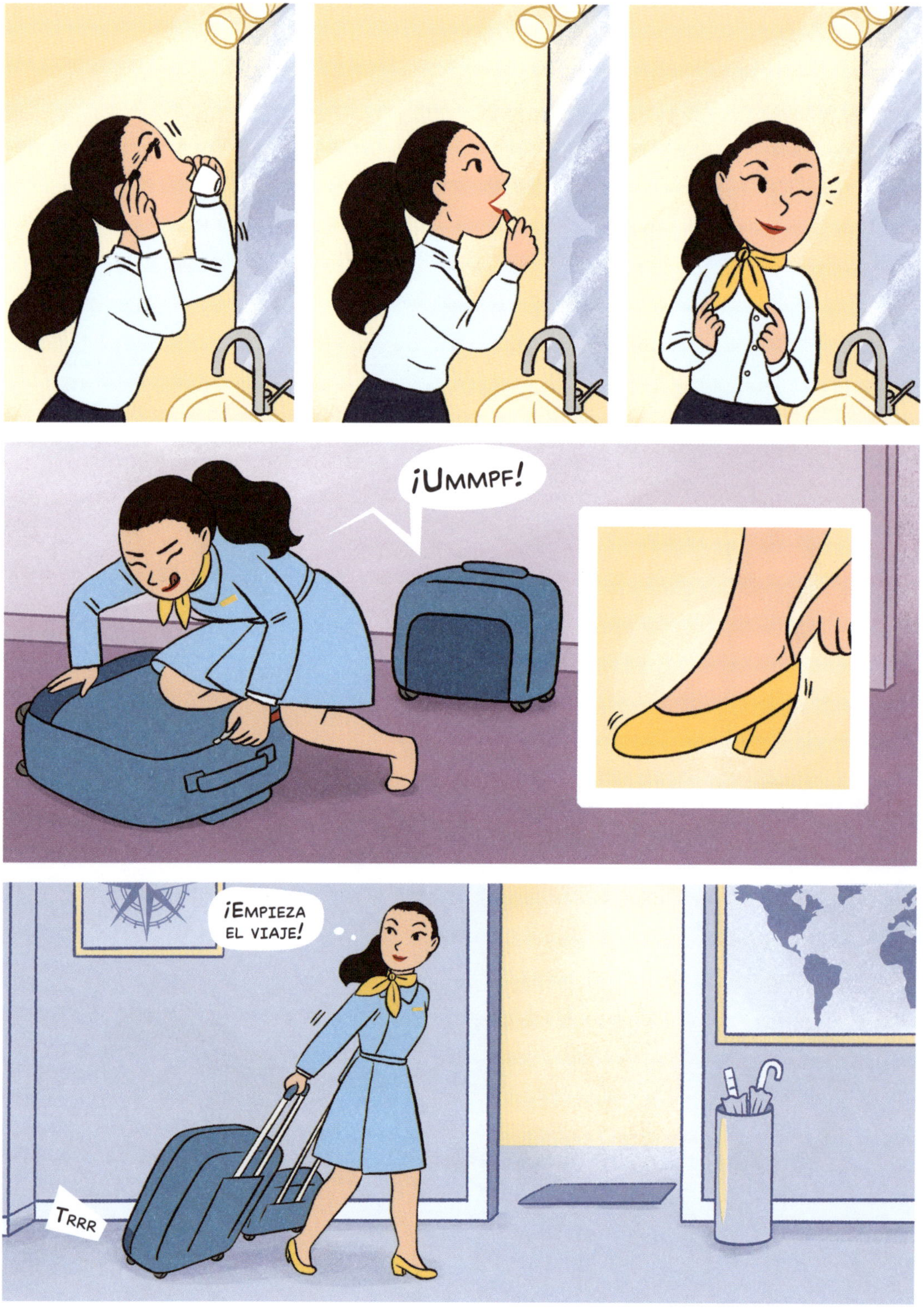
¡UMMPF!
¡EMPIEZA EL VIAJE!
TRRR

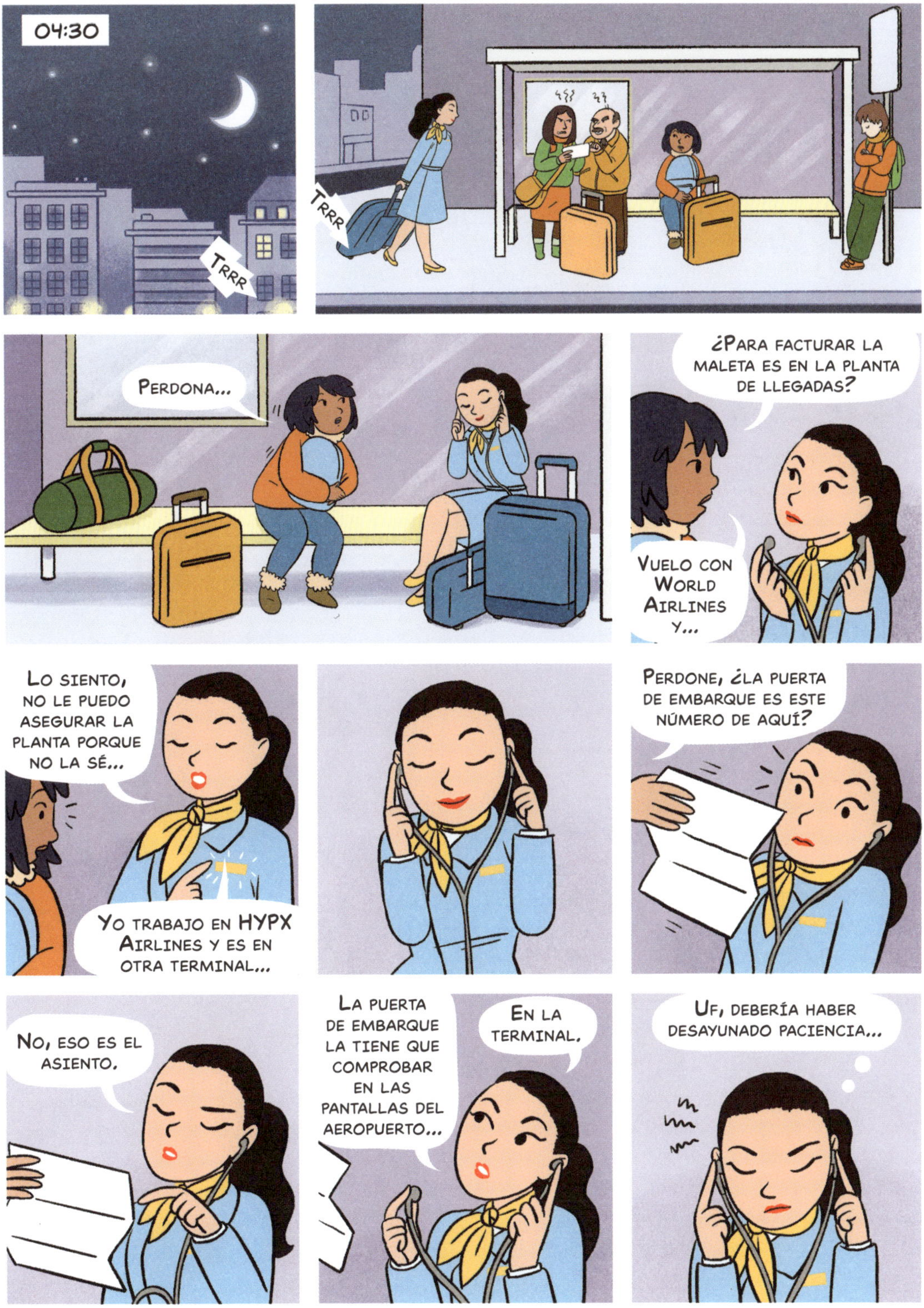
04:30
TRRR
TRRR
PERDONA...
¿PARA FACTURAR LA MALETA ES EN LA PLANTA DE LLEGADAS?
VUELO CON WORLD AIRLINES Y...
LO SIENTO, NO LE PUEDO ASEGURAR LA PLANTA PORQUE NO LA SÉ...
YO TRABAJO EN HYPX AIRLINES Y ES EN OTRA TERMINAL...
PERDONE, ¿LA PUERTA DE EMBARQUE ES ESTE NÚMERO DE AQUÍ?
NO, ESO ES EL ASIENTO.
LA PUERTA DE EMBARQUE LA TIENE QUE COMPROBAR EN LAS PANTALLAS DEL AEROPUERTO...
EN LA TERMINAL.
UF, DEBERÍA HABER DESAYUNADO PACIENCIA...

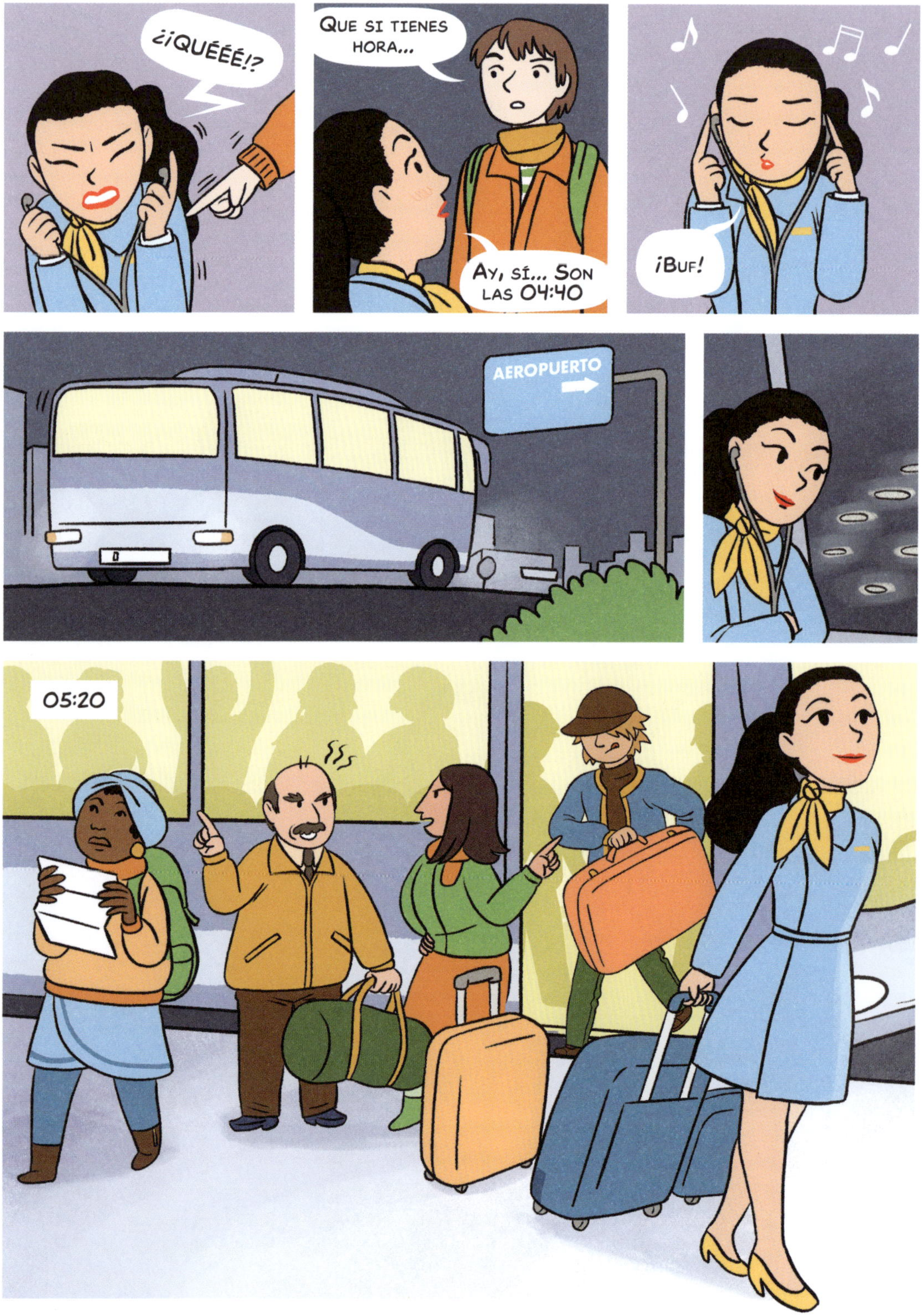
¿¡QUÉÉÉ!?
QUE SI TIENES HORA...
AY, SÍ... SON LAS 04:40
¡BUF!
AEROPUERTO
05:20

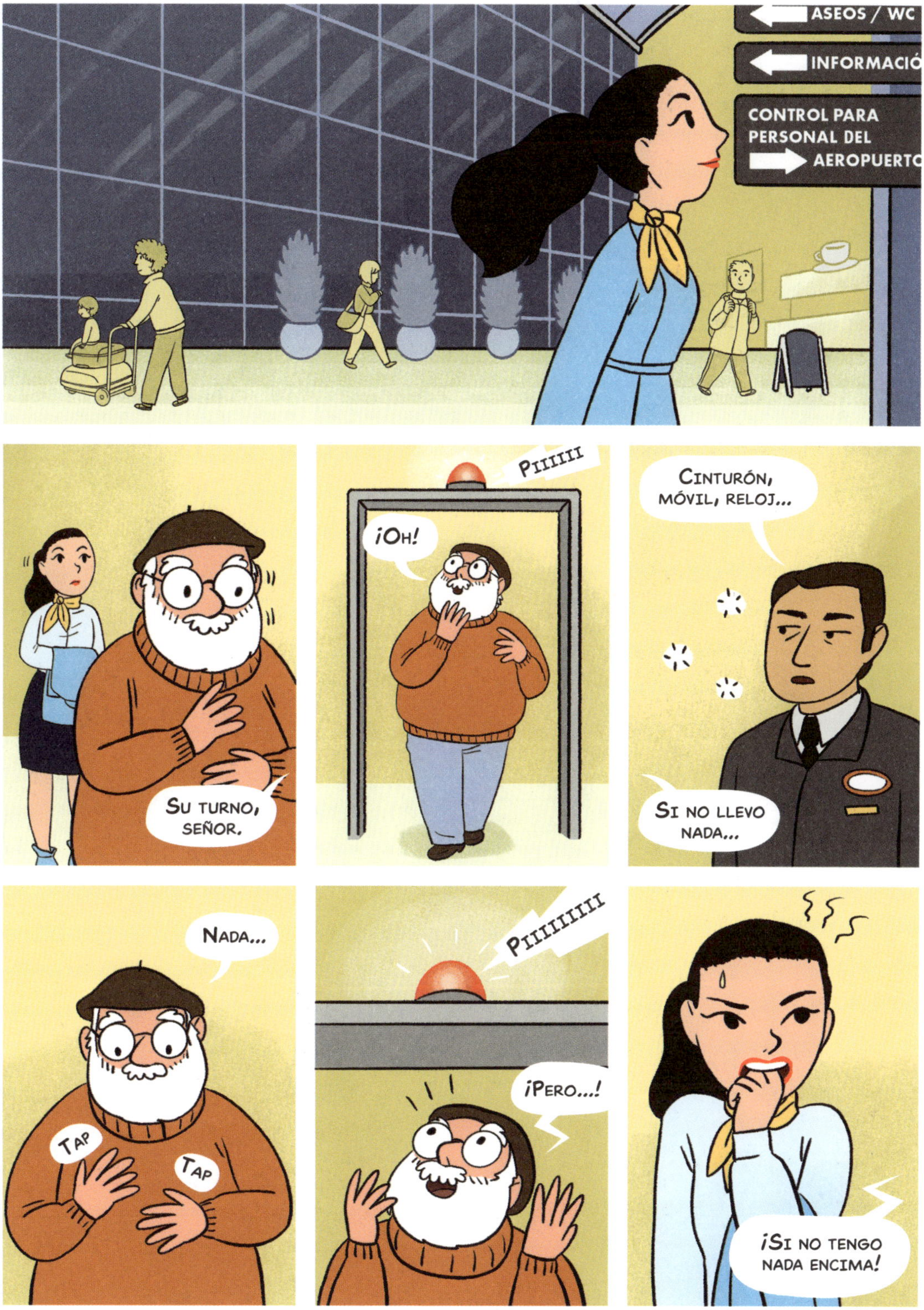
ASEOS / WC
INFORMACIÓ
CONTROL PARA PERSONAL DEL AEROPUERTO
SU TURNO, SEÑOR.
PIIIIII
¡OH!
CINTURÓN, MÓVIL, RELOJ...
SI NO LLEVO NADA...
NADA...
TAP
TAP
PIIIIIIII
¡PERO...!
¡SI NO TENGO NADA ENCIMA!

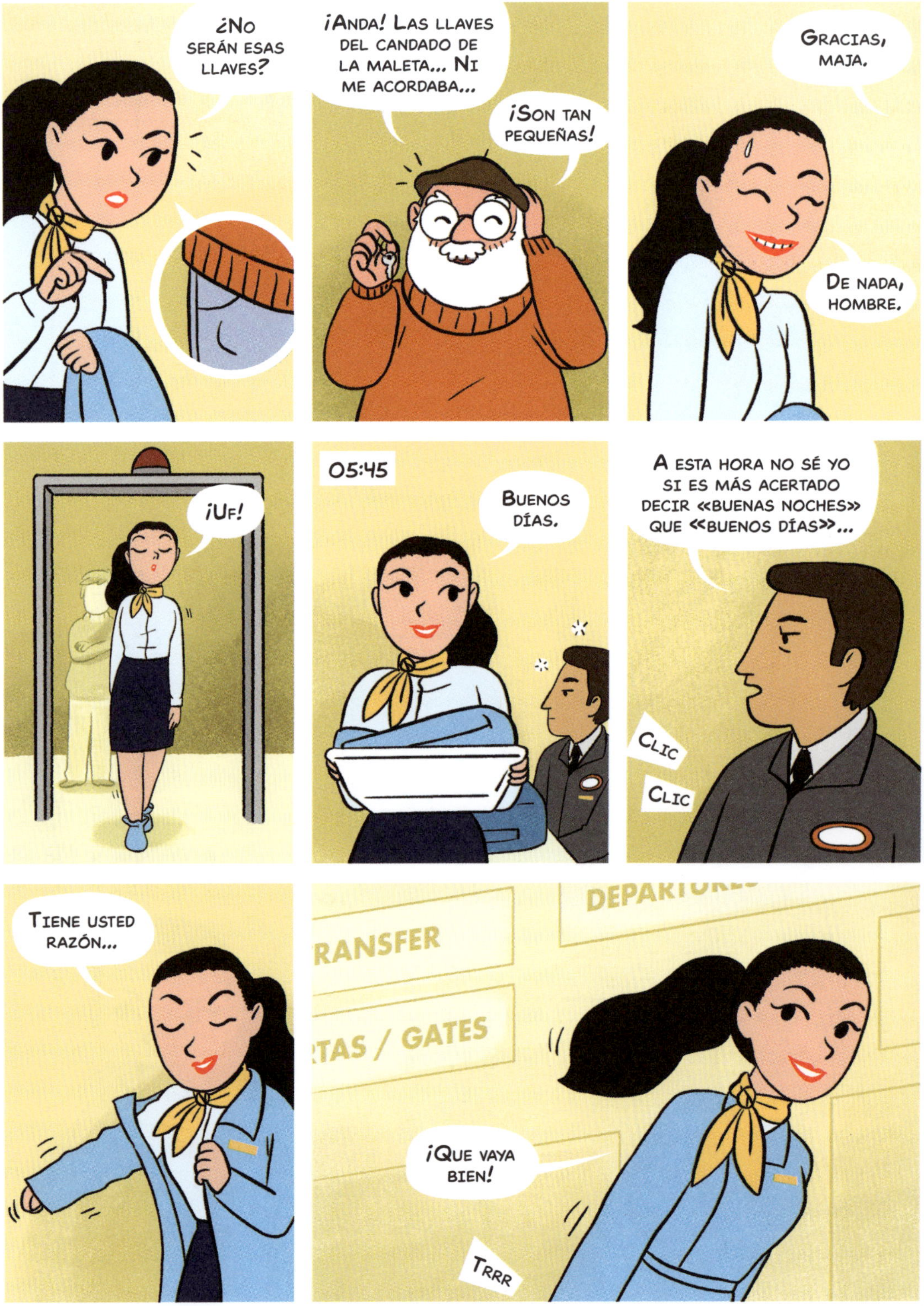
¿No serán esas llaves?
¡Anda! Las llaves del candado de la maleta... Ni me acordaba...
¡Son tan pequeñas!
Gracias, maja.
De nada, hombre.
¡Uf!
05:45
Buenos días.
A esta hora no sé yo si es más acertado decir «buenas noches» que «buenos días»...
Clic
Clic
Tiene usted razón...
TRANSFER
DEPARTURES
TAS / GATES
¡Que vaya bien!
Trrr

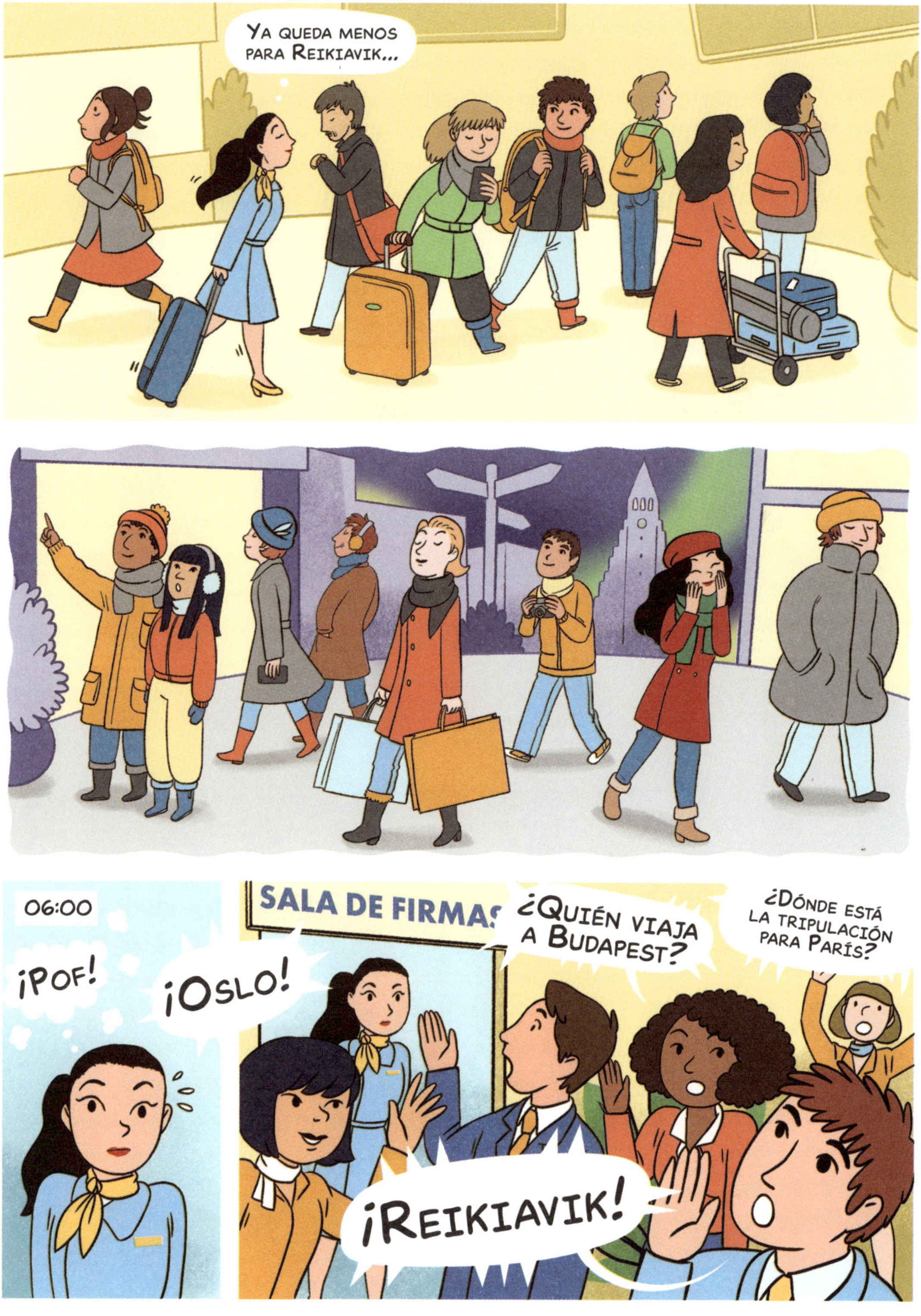
Ya queda menos para Reikiavik...
06:00
¡Pof!
¡Oslo!
SALA DE FIRMAS
¿Quién viaja a Budapest?
¿Dónde está la tripulación para París?
¡Reikiavik!

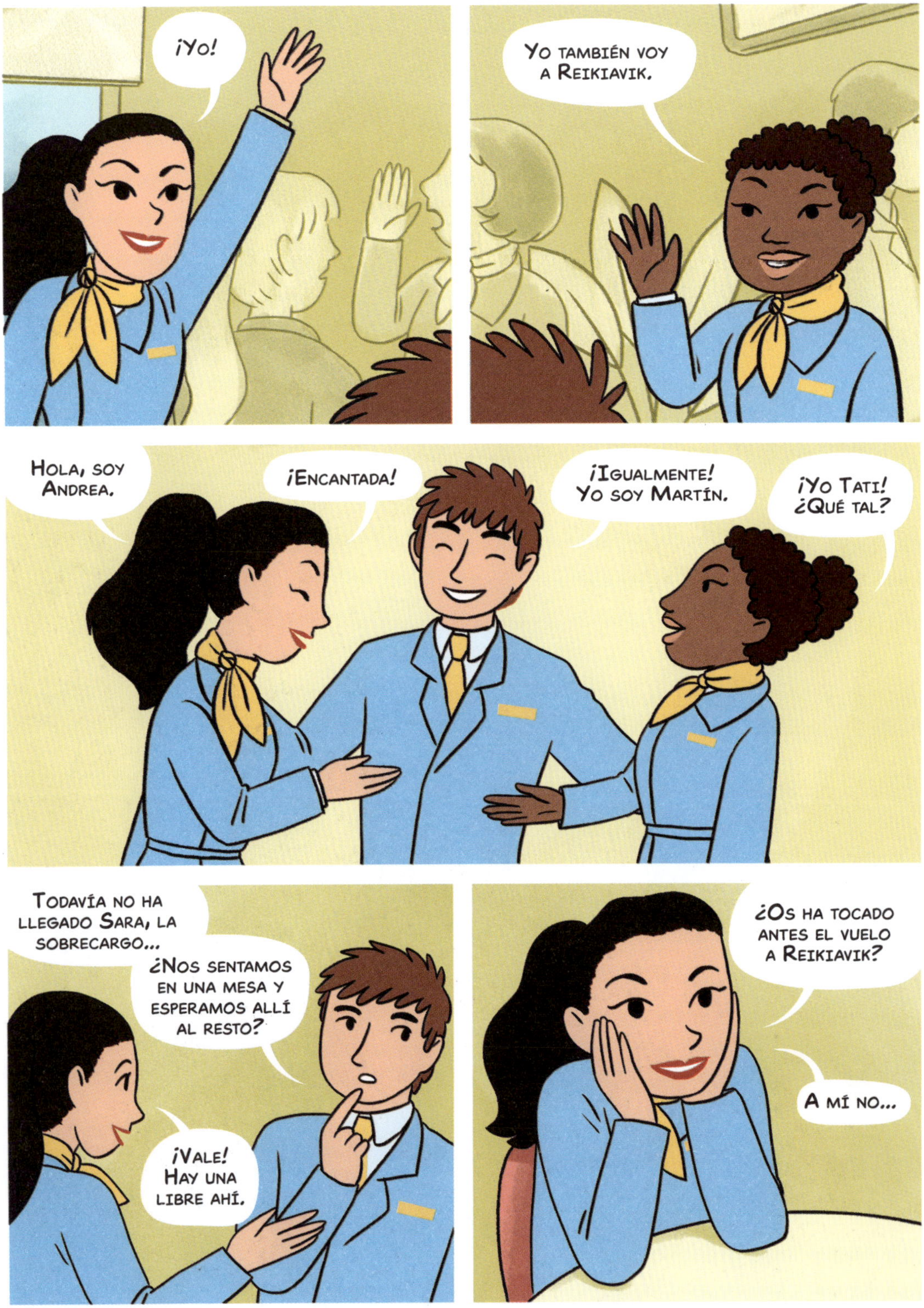
¡Yo!
Yo también voy a Reikiavik.
Hola, soy Andrea.
¡Encantada!
¡Igualmente! Yo soy Martín.
¡Yo Tati! ¿Qué tal?
Todavía no ha llegado Sara, la sobrecargo...
¿Nos sentamos en una mesa y esperamos allí al resto?
¡Vale! Hay una libre ahí.
¿Os ha tocado antes el vuelo a Reikiavik?
A mí no...

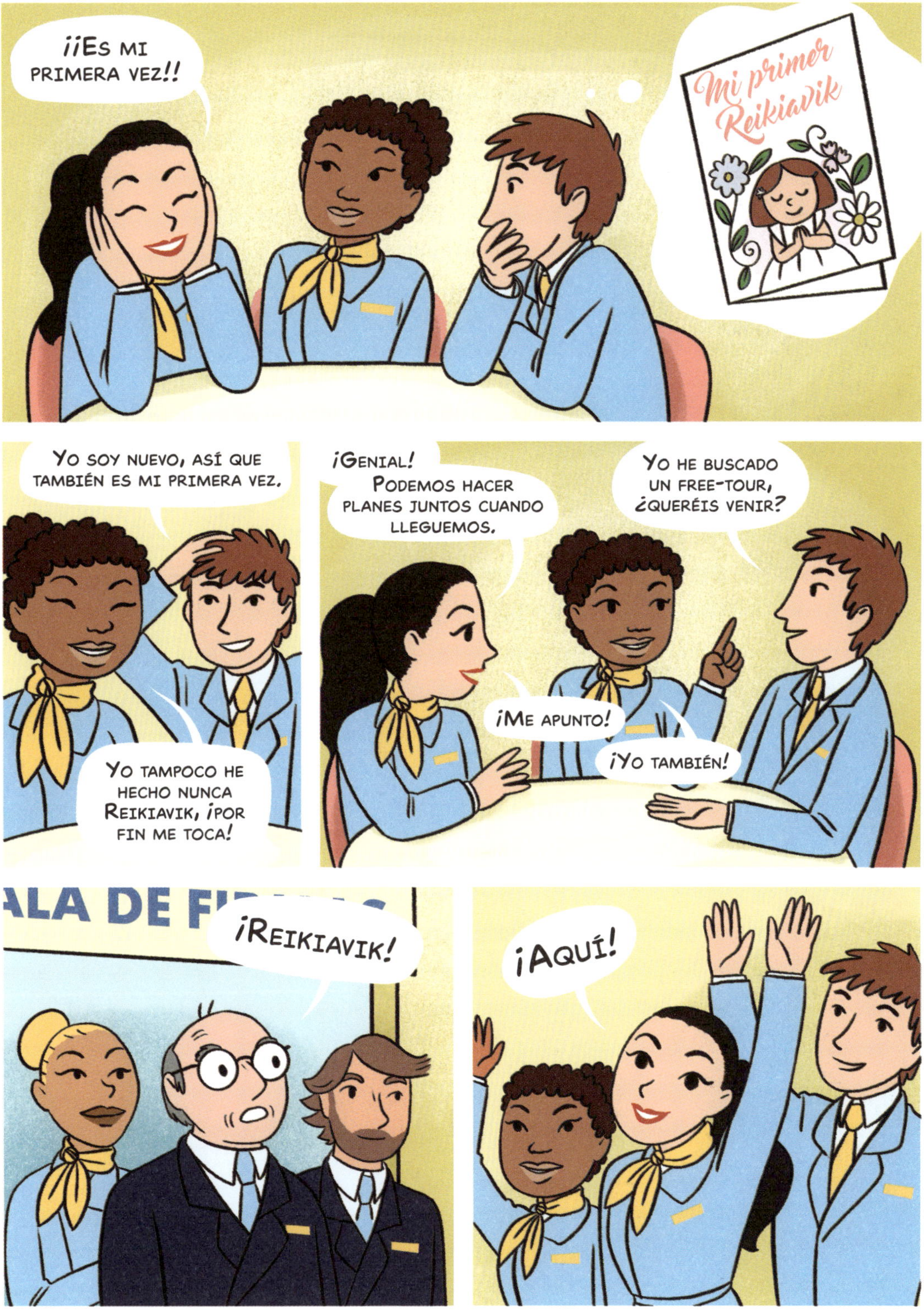
¡¡Es mi primera vez!!
Mi primer Reikiavik
Yo soy nuevo, así que también es mi primera vez.
Yo tampoco he hecho nunca Reikiavik, ¡por fin me toca!
¡Genial! Podemos hacer planes juntos cuando lleguemos.
Yo he buscado un free-tour, ¿queréis venir?
¡Me apunto!
¡Yo también!
¡Reikiavik!
¡Aquí!

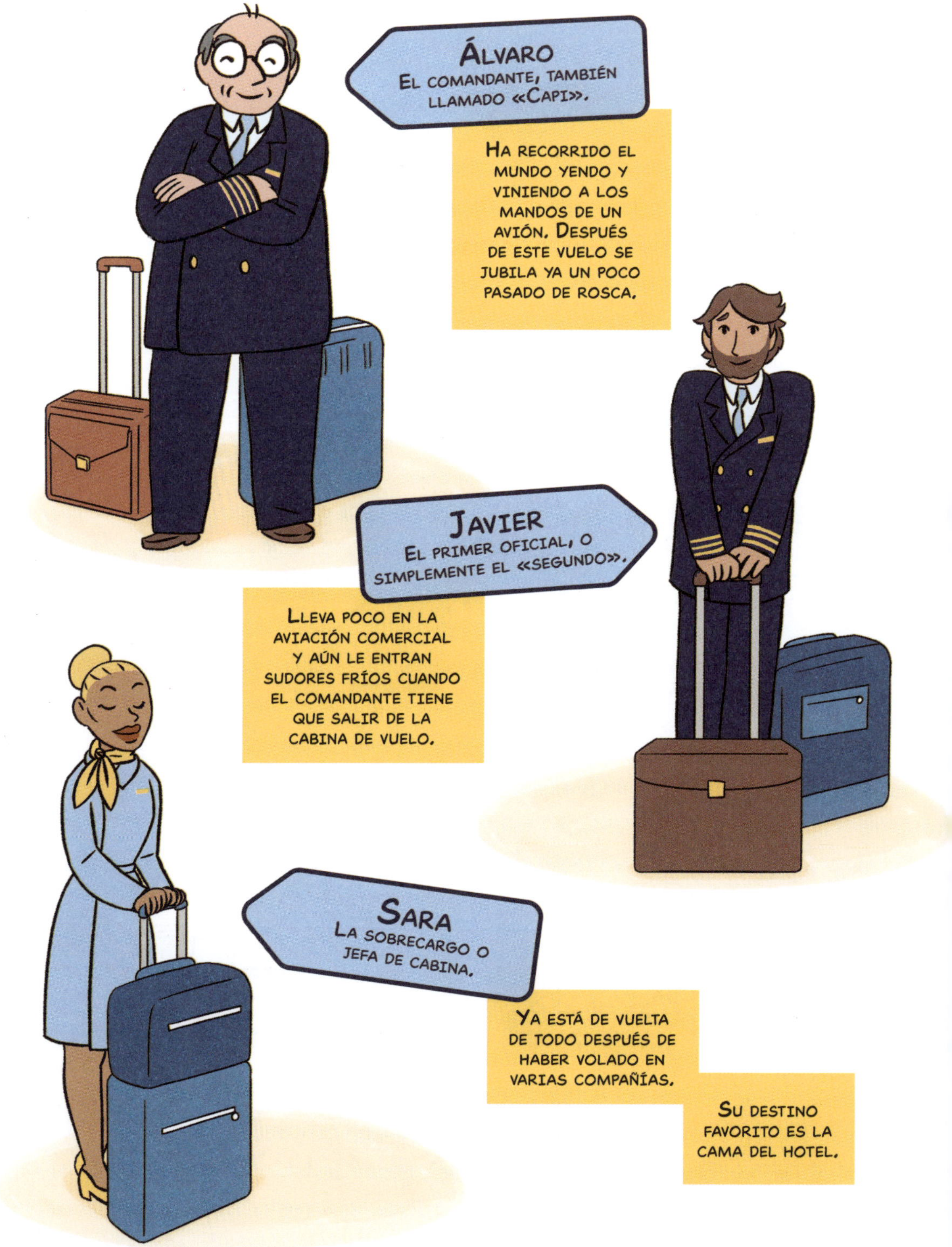
ÁLVARO
EL COMANDANTE, TAMBIÉN LLAMADO «CAPI».
HA RECORRIDO EL MUNDO YENDO Y VINIENDO A LOS MANDOS DE UN AVIÓN. DESPUÉS DE ESTE VUELO SE JUBILA YA UN POCO PASADO DE ROSCA.
JAVIER
EL PRIMER OFICIAL, O SIMPLEMENTE EL «SEGUNDO».
LLEVA POCO EN LA AVIACIÓN COMERCIAL Y AÚN LE ENTRAN SUDORES FRÍOS CUANDO EL COMANDANTE TIENE QUE SALIR DE LA CABINA DE VUELO.
SARA
LA SOBRECARGO O JEFA DE CABINA.
YA ESTÁ DE VUELTA DE TODO DESPUÉS DE HABER VOLADO EN VARIAS COMPAÑÍAS.
SU DESTINO FAVORITO ES LA CAMA DEL HOTEL.

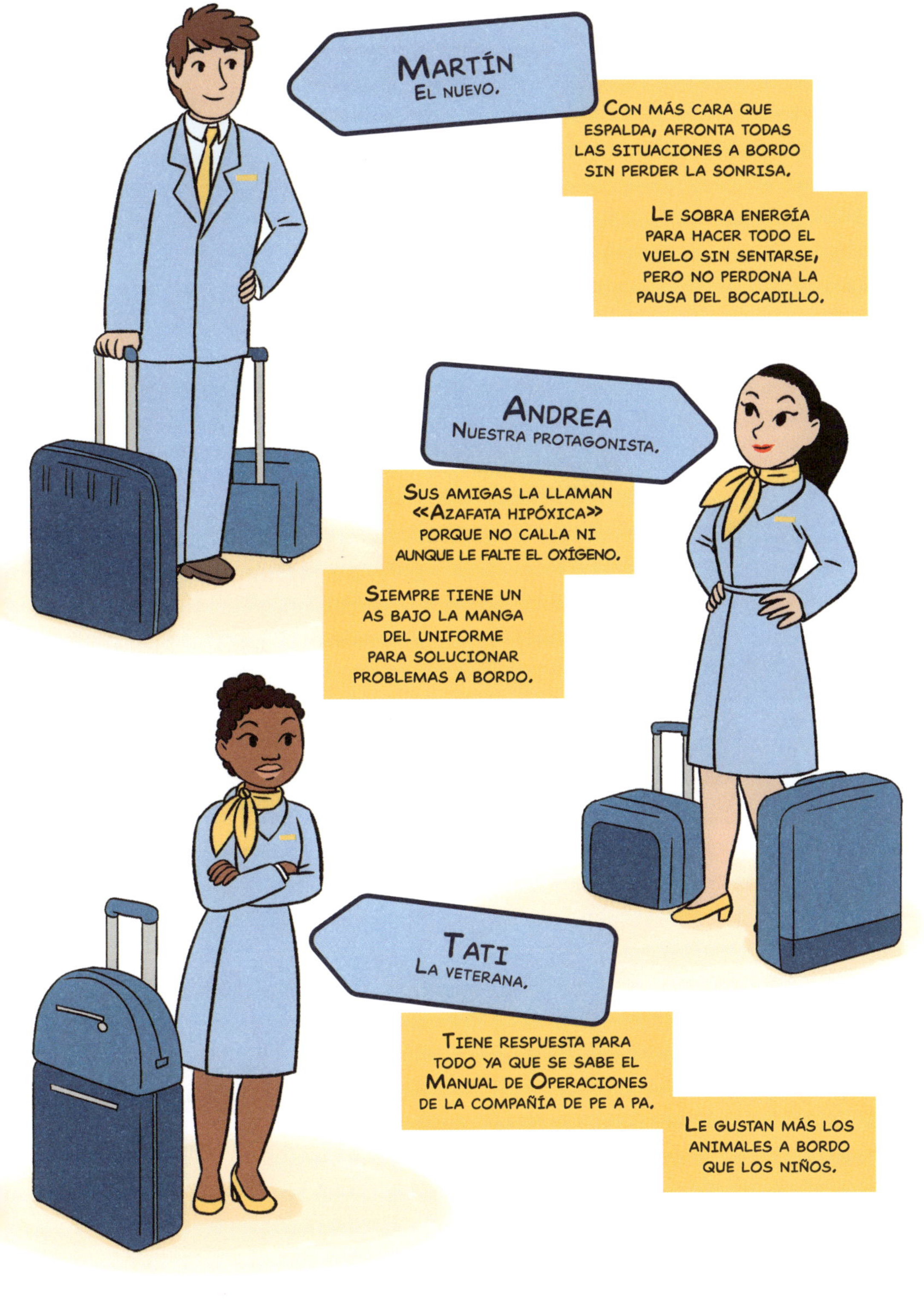
Martín
El nuevo.
Con más cara que espalda, afronta todas las situaciones a bordo sin perder la sonrisa.
Le sobra energía para hacer todo el vuelo sin sentarse, pero no perdona la pausa del bocadillo.
Andrea
Nuestra protagonista.
Sus amigas la llaman «Azafata hipóxica» porque no calla ni aunque le falte el oxígeno.
Siempre tiene un as bajo la manga del uniforme para solucionar problemas a bordo.
Tati
La veterana.
Tiene respuesta para todo ya que se sabe el Manual de Operaciones de la compañía de pe a pa.
Le gustan más los animales a bordo que los niños.

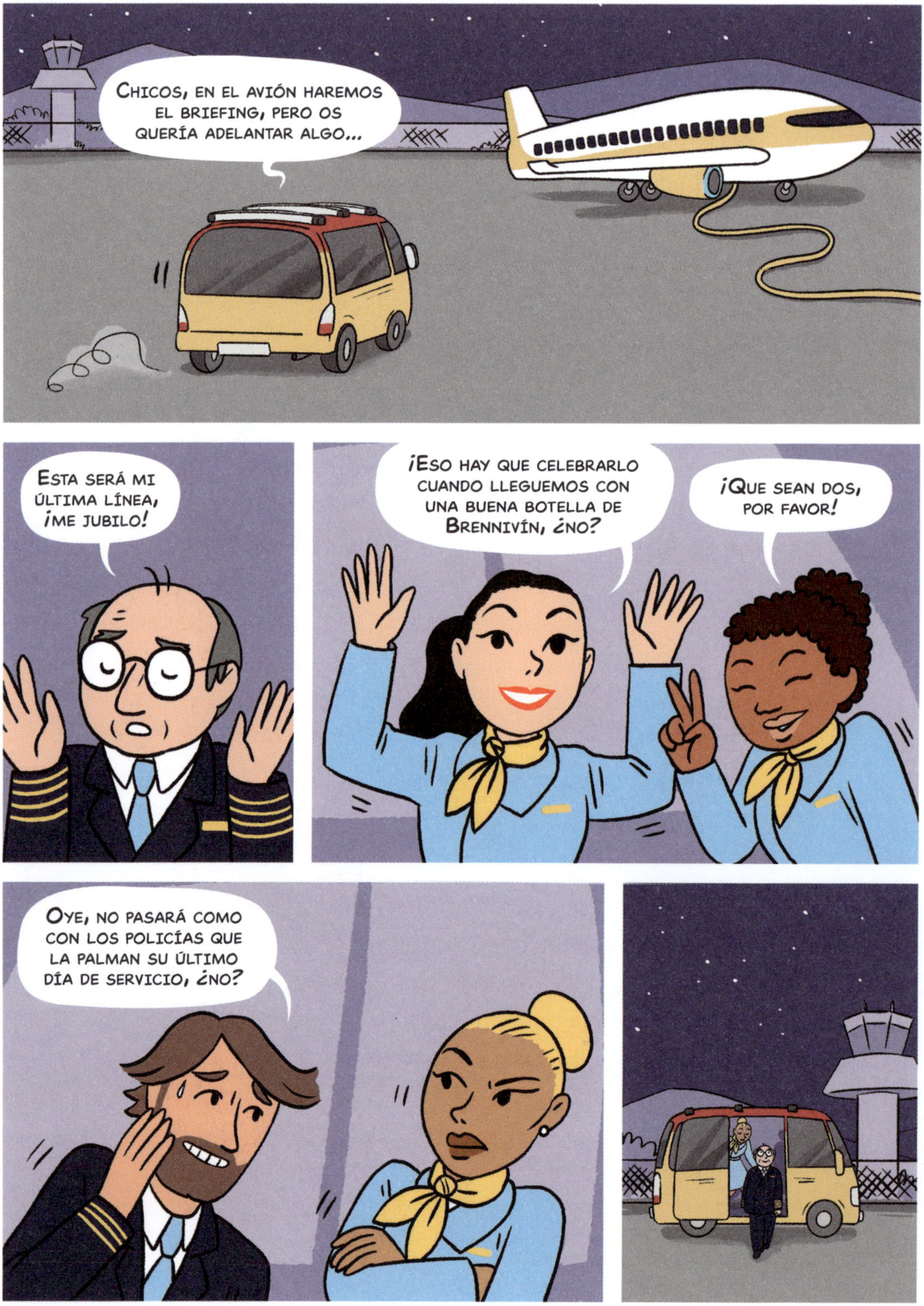
Chicos, en el avión haremos el briefing, pero os quería adelantar algo...
Esta será mi última línea, ¡me jubilo!
¡Eso hay que celebrarlo cuando lleguemos con una buena botella de Brennivín, ¿no?
¡Que sean dos, por favor!
Oye, no pasará como con los policías que la palman su último día de servicio, ¿no?

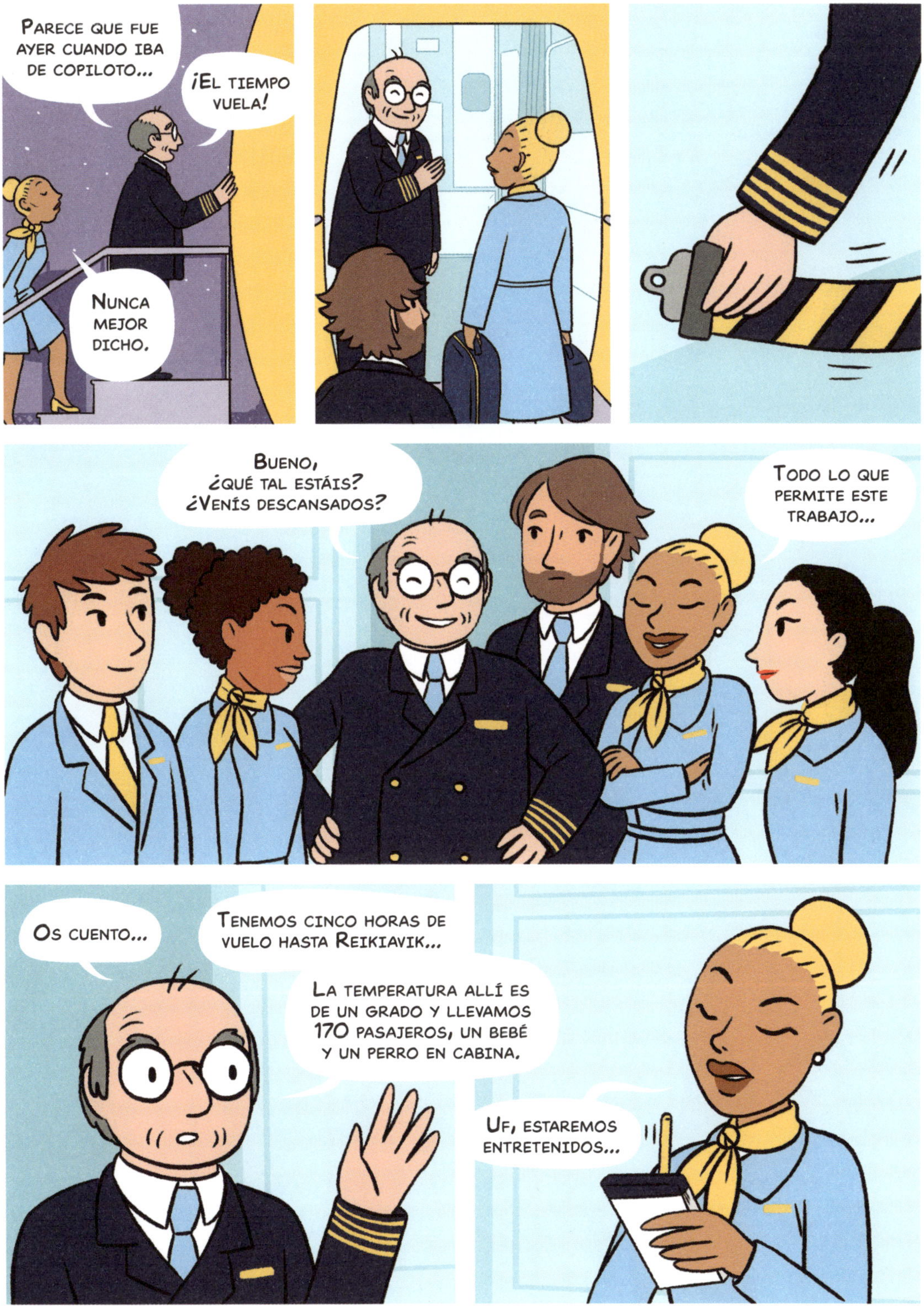
Parece que fue ayer cuando iba de copiloto...
¡El tiempo vuela!
Nunca mejor dicho.
Bueno, ¿qué tal estáis? ¿Venís descansados?
Todo lo que permite este trabajo...
Os cuento...
Tenemos cinco horas de vuelo hasta Reikiavik...
La temperatura allí es de un grado y llevamos 170 pasajeros, un bebé y un perro en cabina.
Uf, estaremos entretenidos...

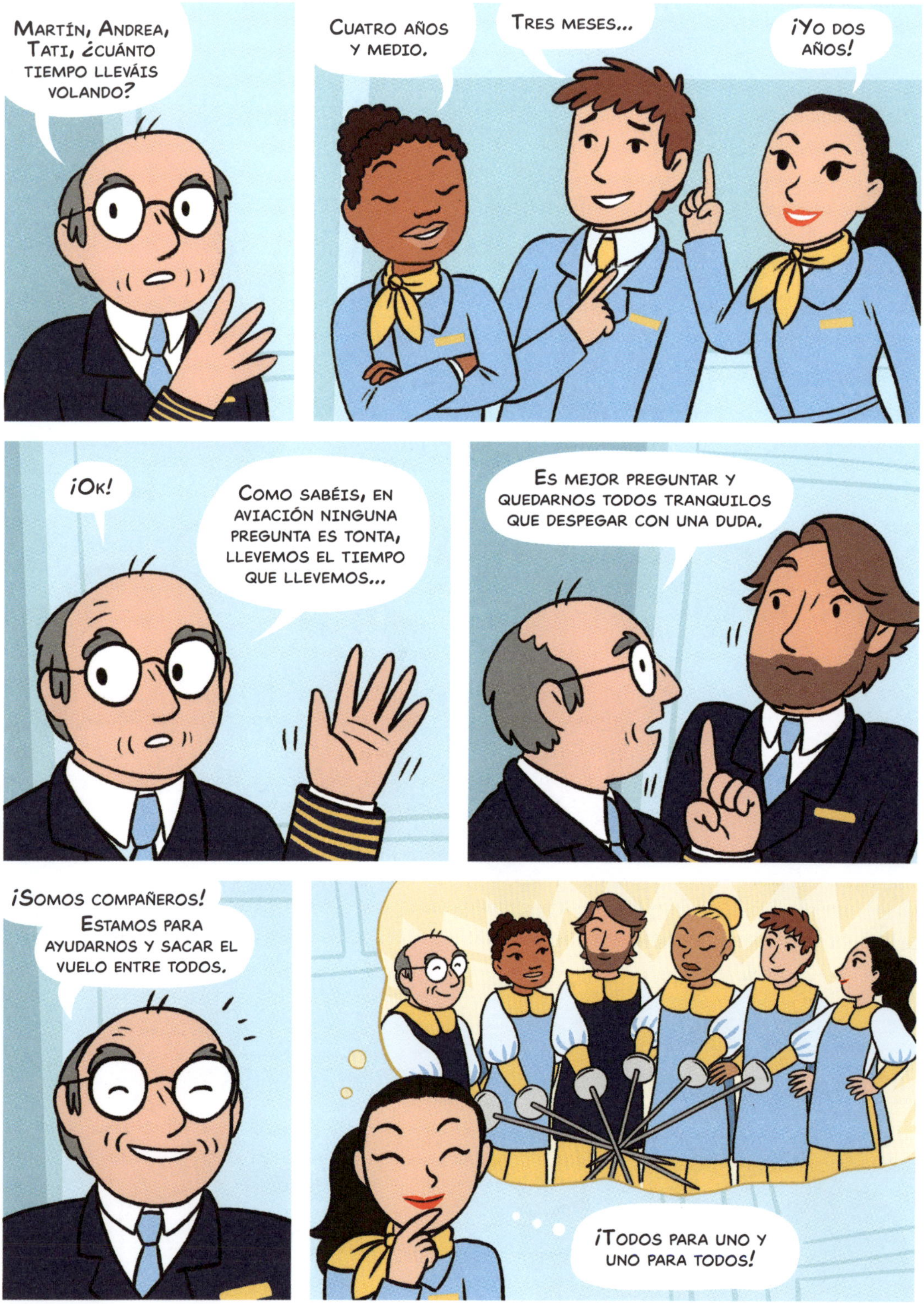
Martín, Andrea, Tati, ¿cuánto tiempo lleváis volando?
Cuatro años y medio.
Tres meses...
¡Yo dos años!
¡Ok!
Como sabéis, en aviación ninguna pregunta es tonta, llevemos el tiempo que llevemos...
Es mejor preguntar y quedarnos todos tranquilos que despegar con una duda.
¡Somos compañeros! Estamos para ayudarnos y sacar el vuelo entre todos.
¡Todos para uno y uno para todos!

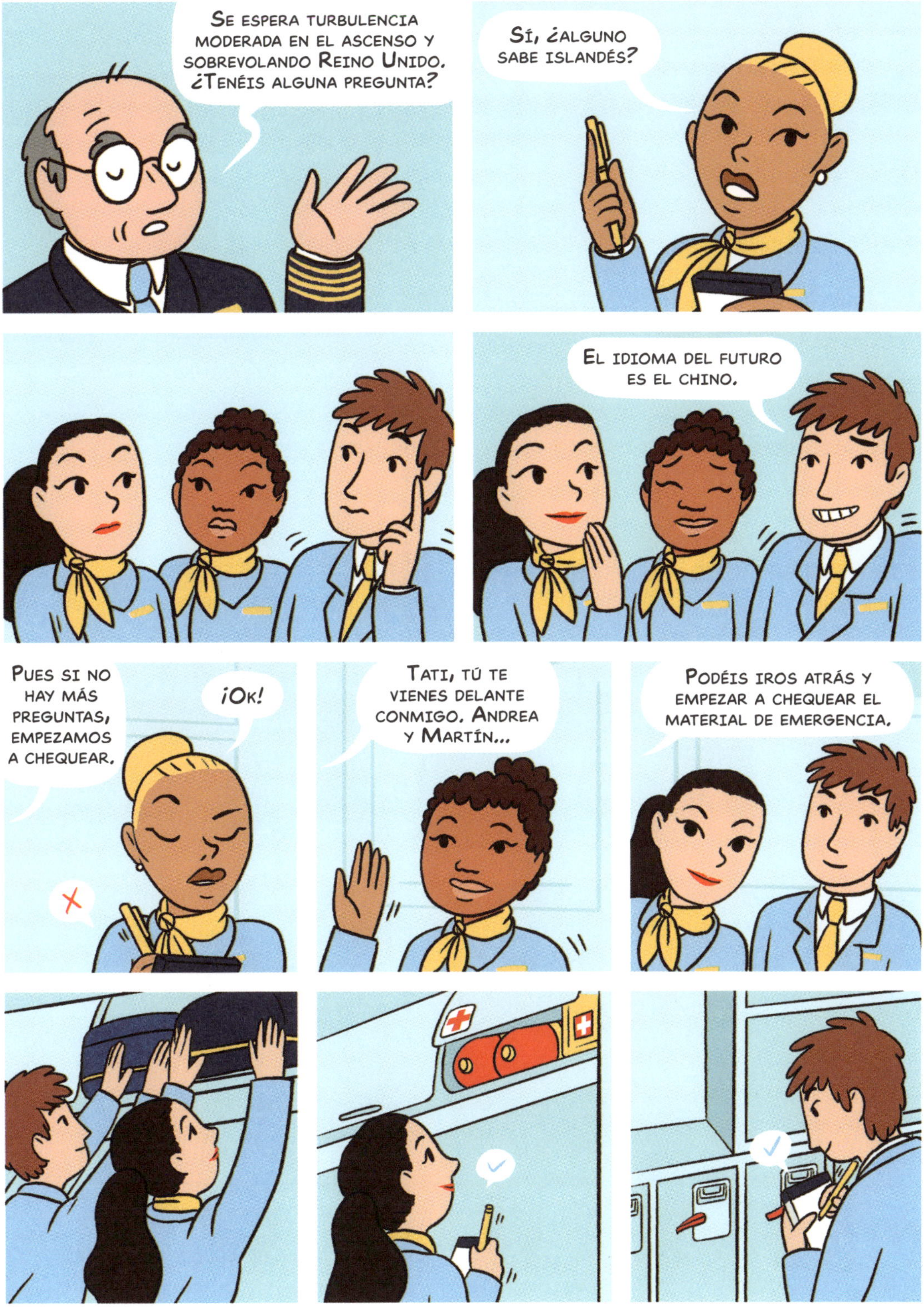
Se espera turbulencia moderada en el ascenso y sobrevolando Reino Unido. ¿Tenéis alguna pregunta?
Sí, ¿alguno sabe islandés?
El idioma del futuro es el chino.
Pues si no hay más preguntas, empezamos a chequear.
¡Ok!
Tati, tú te vienes delante conmigo. Andrea y Martín...
Podéis iros atrás y empezar a chequear el material de emergencia.

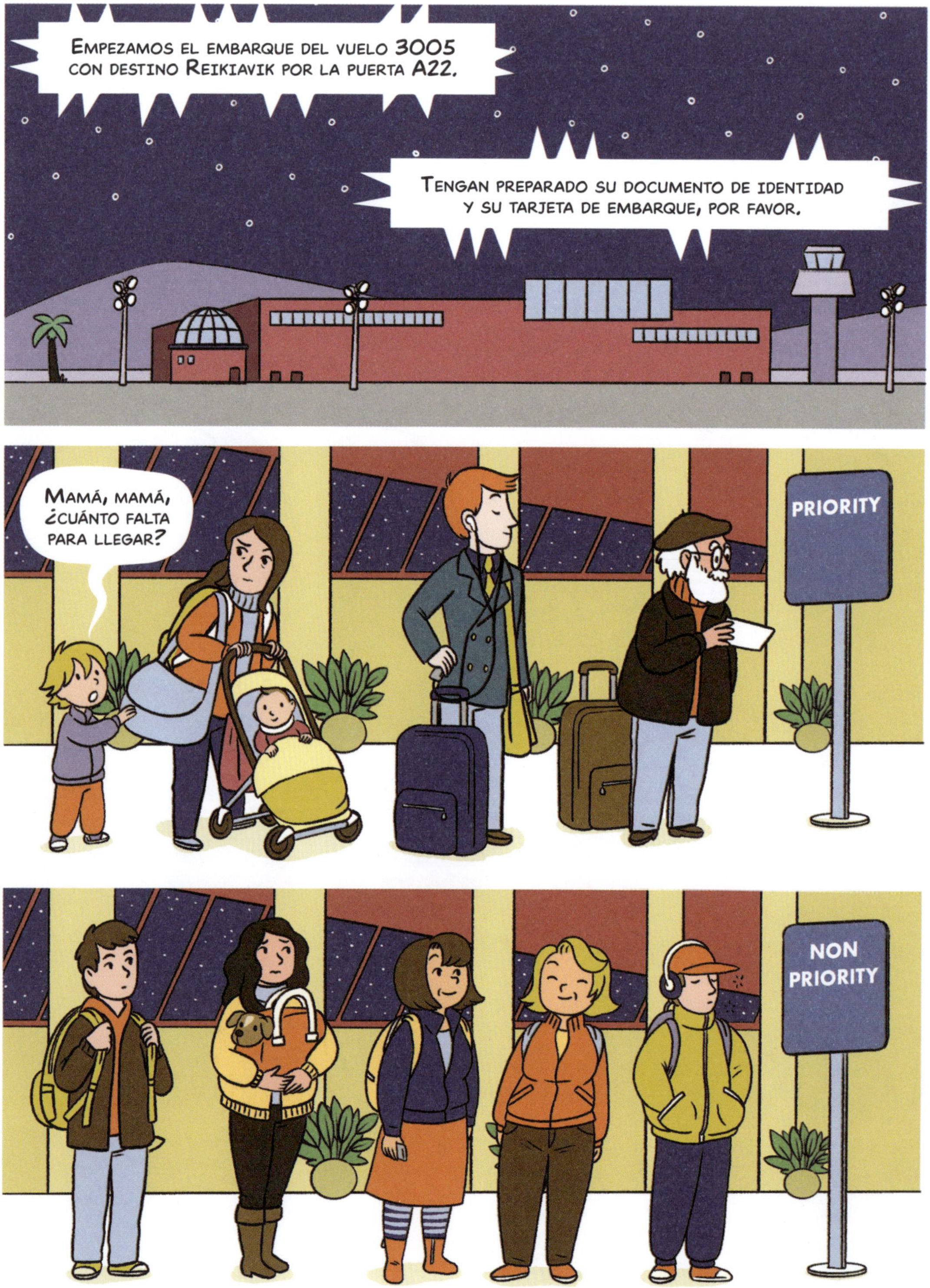
EMPEZAMOS EL EMBARQUE DEL VUELO 3005 CON DESTINO REIKIAVIK POR LA PUERTA A22.
TENGAN PREPARADO SU DOCUMENTO DE IDENTIDAD Y SU TARJETA DE EMBARQUE, POR FAVOR.
MAMÁ, MAMÁ, ¿CUÁNTO FALTA PARA LLEGAR?
PRIORITY
NON PRIORITY

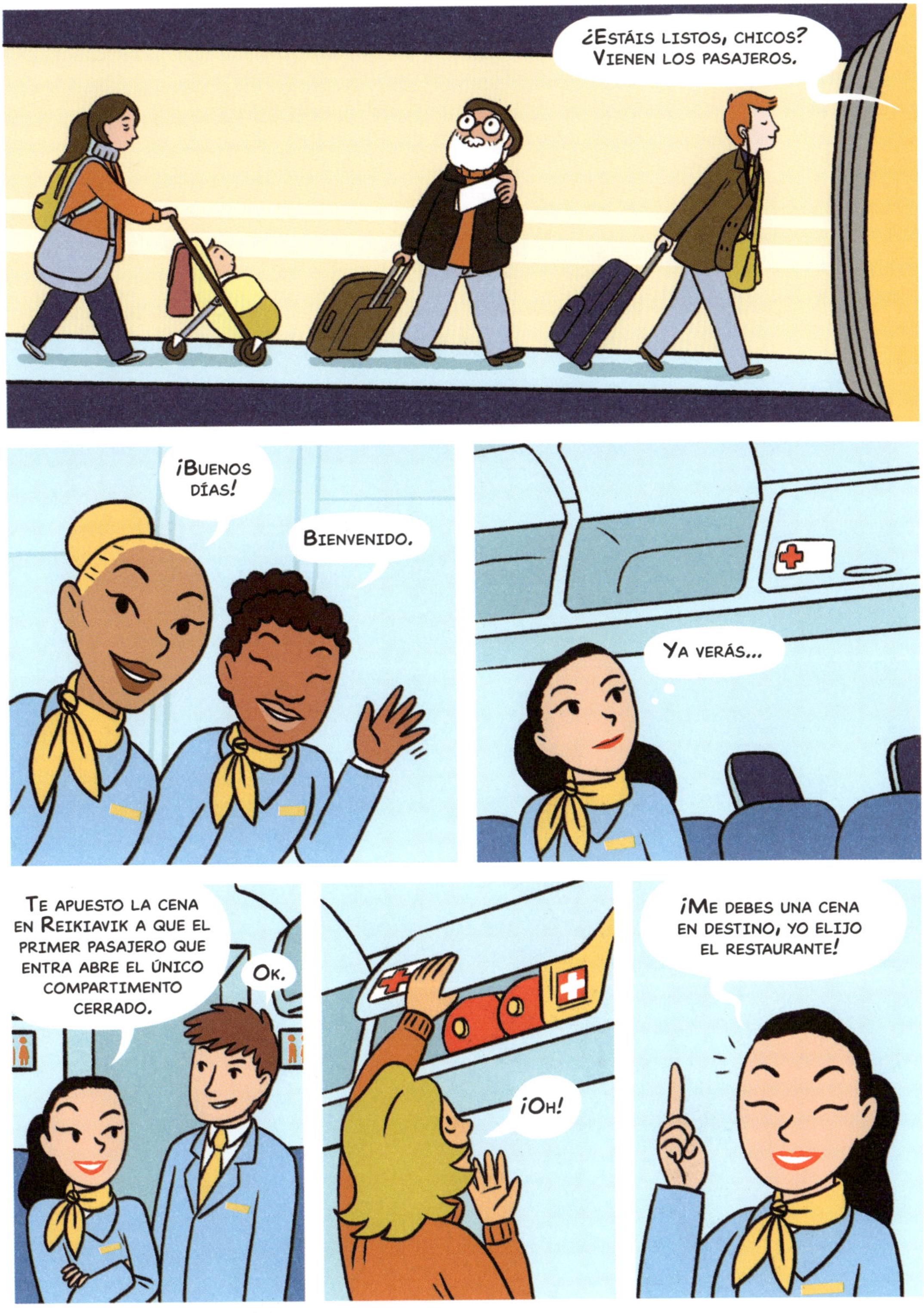
¿Estáis listos, chicos? Vienen los pasajeros.
¡Buenos días!
Bienvenido.
Ya verás...
Te apuesto la cena en Reikiavik a que el primer pasajero que entra abre el único compartimento cerrado.
Ok.
¡Oh!
¡Me debes una cena en destino, yo elijo el restaurante!

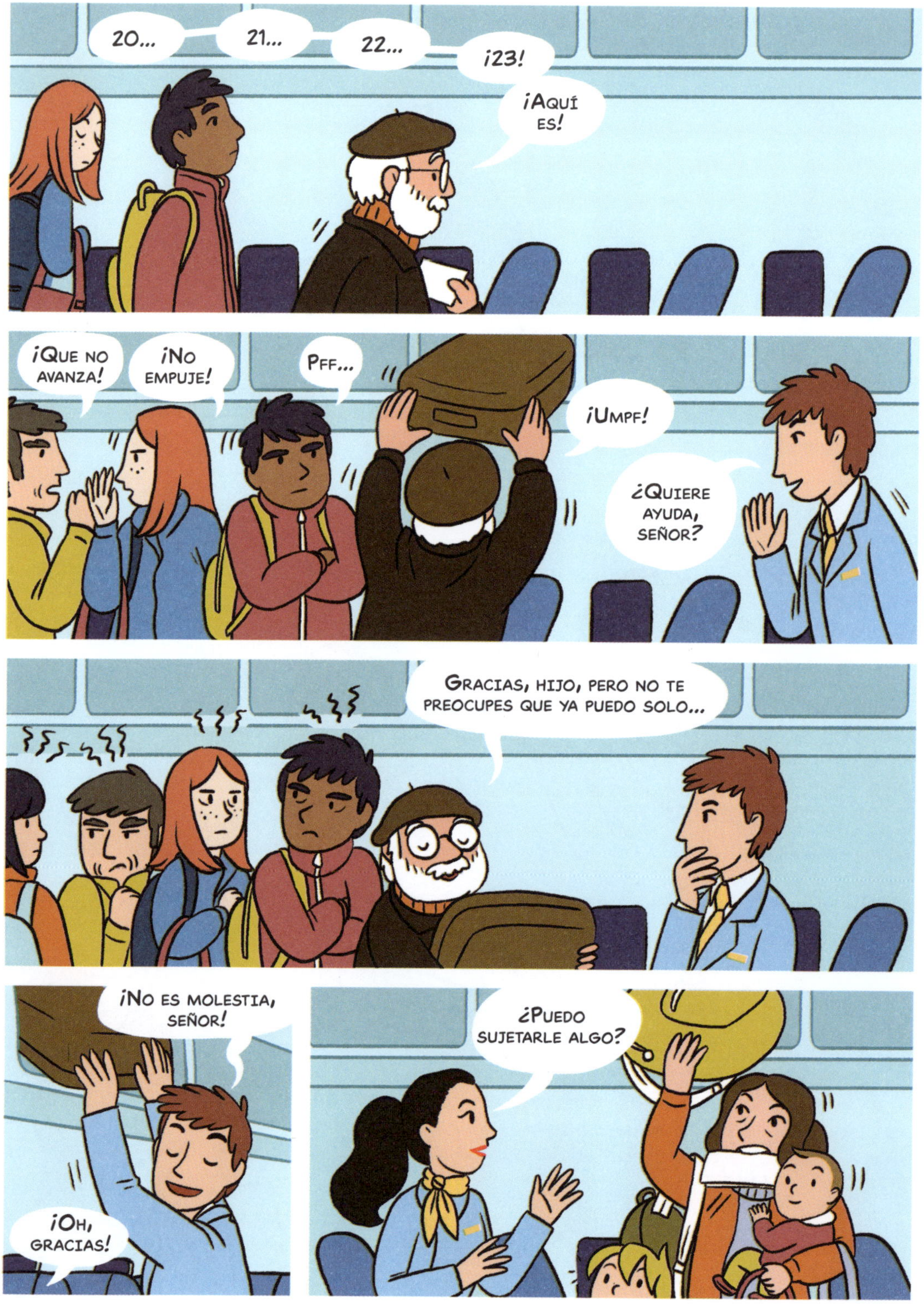
20...
21...
22...
¡23!
¡Aquí es!
¡Que no avanza!
¡No empuje!
Pff...
¡Umpf!
¿Quiere ayuda, señor?
Gracias, hijo, pero no te preocupes que ya puedo solo...
¡No es molestia, señor!
¡Oh, gracias!
¿Puedo sujetarle algo?

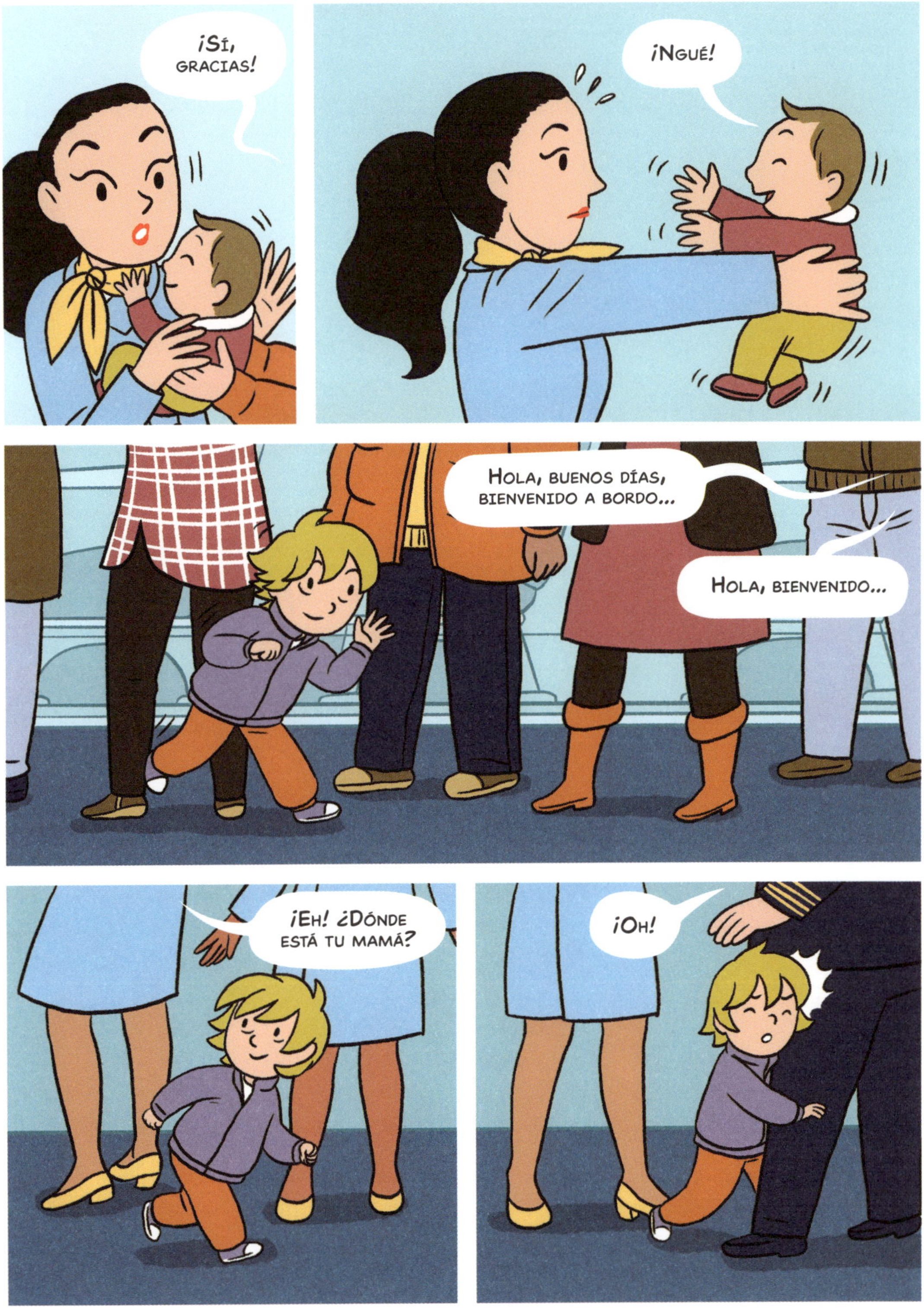
¡Sí, gracias!
¡Ngué!
Hola, buenos días, bienvenido a bordo...
Hola, bienvenido...
¡Eh! ¿Dónde está tu mamá?
¡Oh!

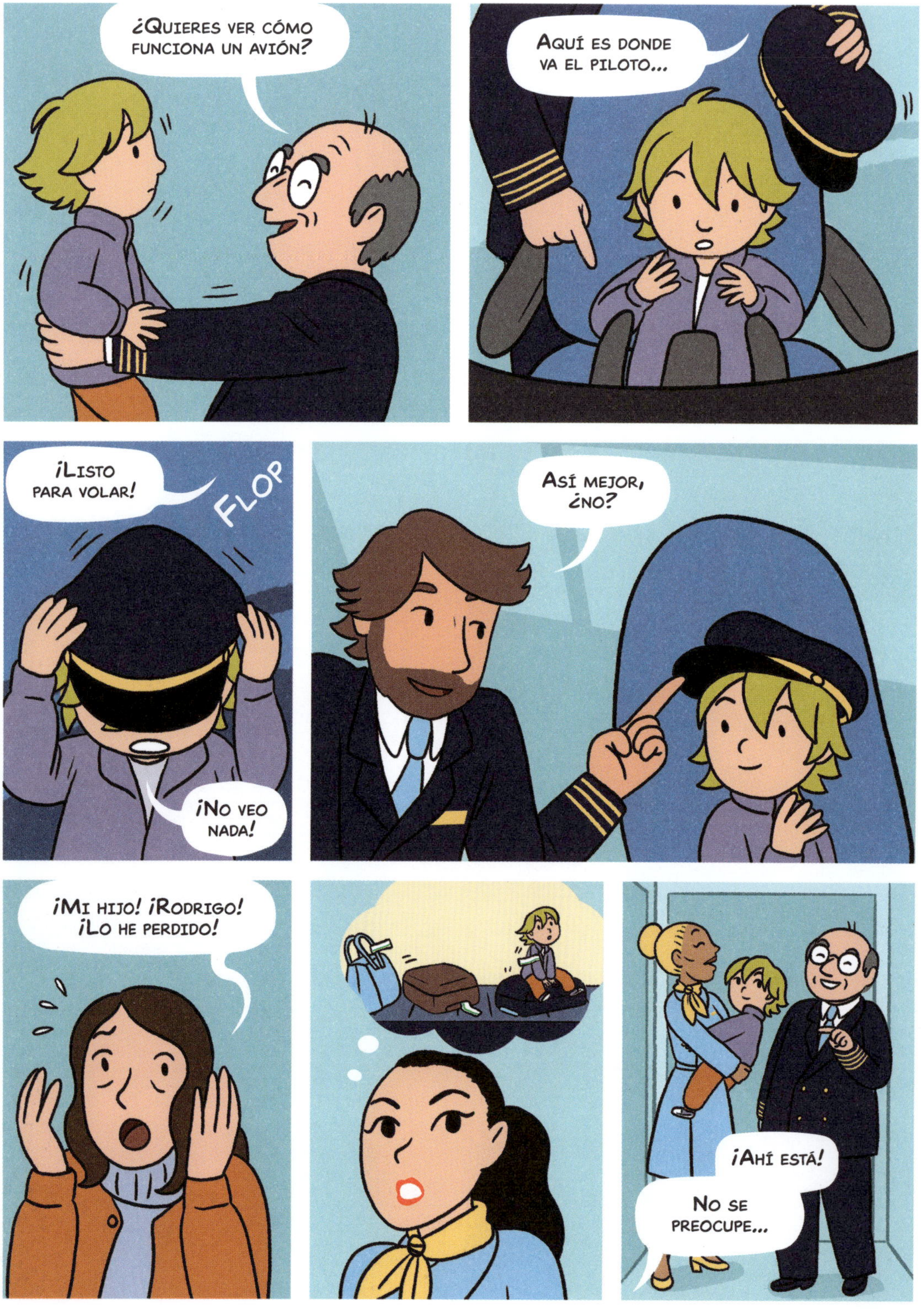
¿Quieres ver cómo funciona un avión?
Aquí es donde va el piloto...
¡Listo para volar!
FLOP
¡No veo nada!
Así mejor, ¿no?
¡Mi hijo! ¡Rodrigo! ¡Lo he perdido!
¡Ahí está!
No se preocupe...

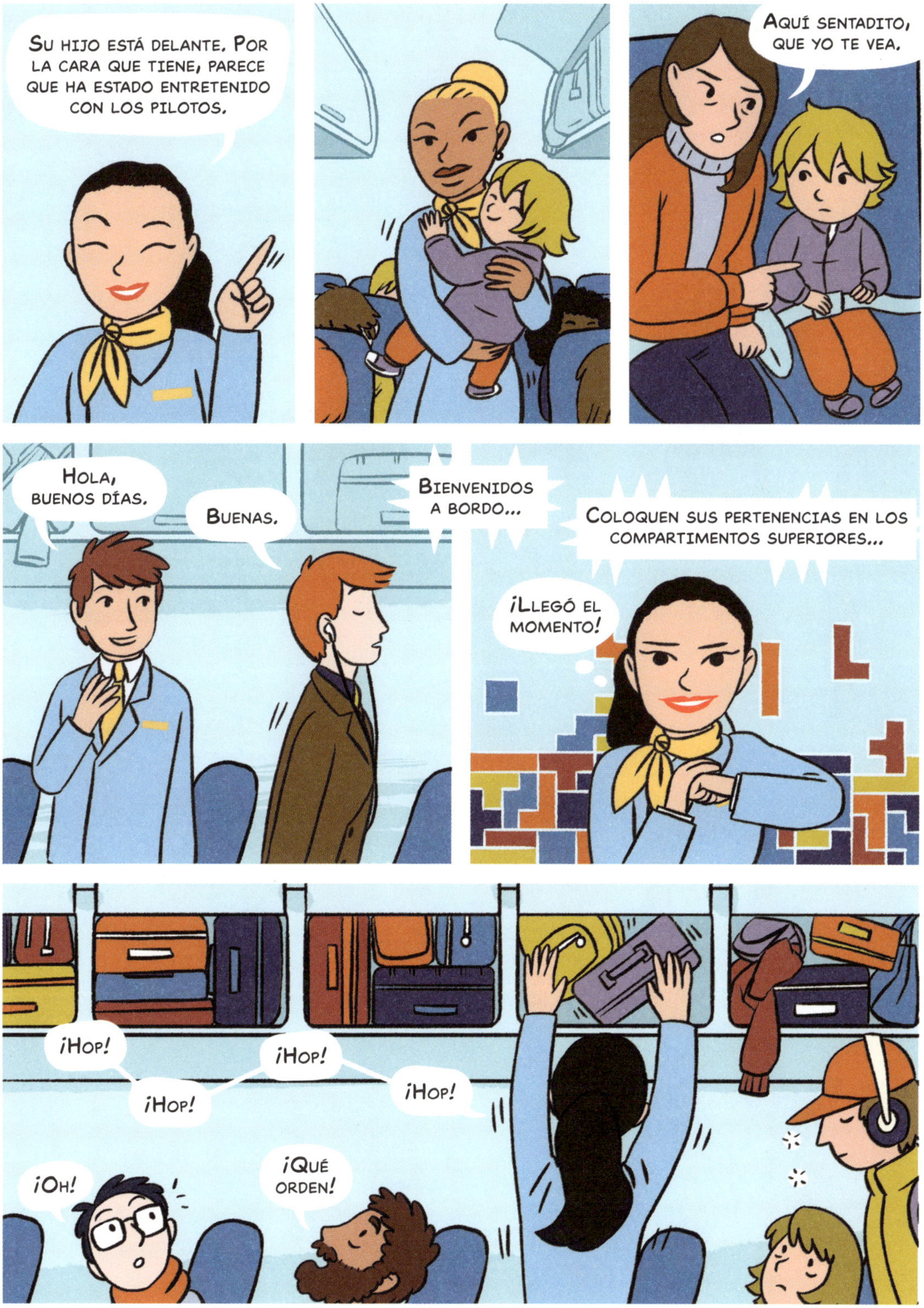

Su hijo está delante. Por la cara que tiene, parece que ha estado entretenido con los pilotos.
Aquí sentadito, que yo te vea.
Hola, buenos días.
Buenas.
Bienvenidos a bordo...
Coloquen sus pertenencias en los compartimentos superiores...
¡Llegó el momento!
¡Hop!
¡Hop!
¡Hop!
¡Hop!
¡Oh!
¡Qué orden!

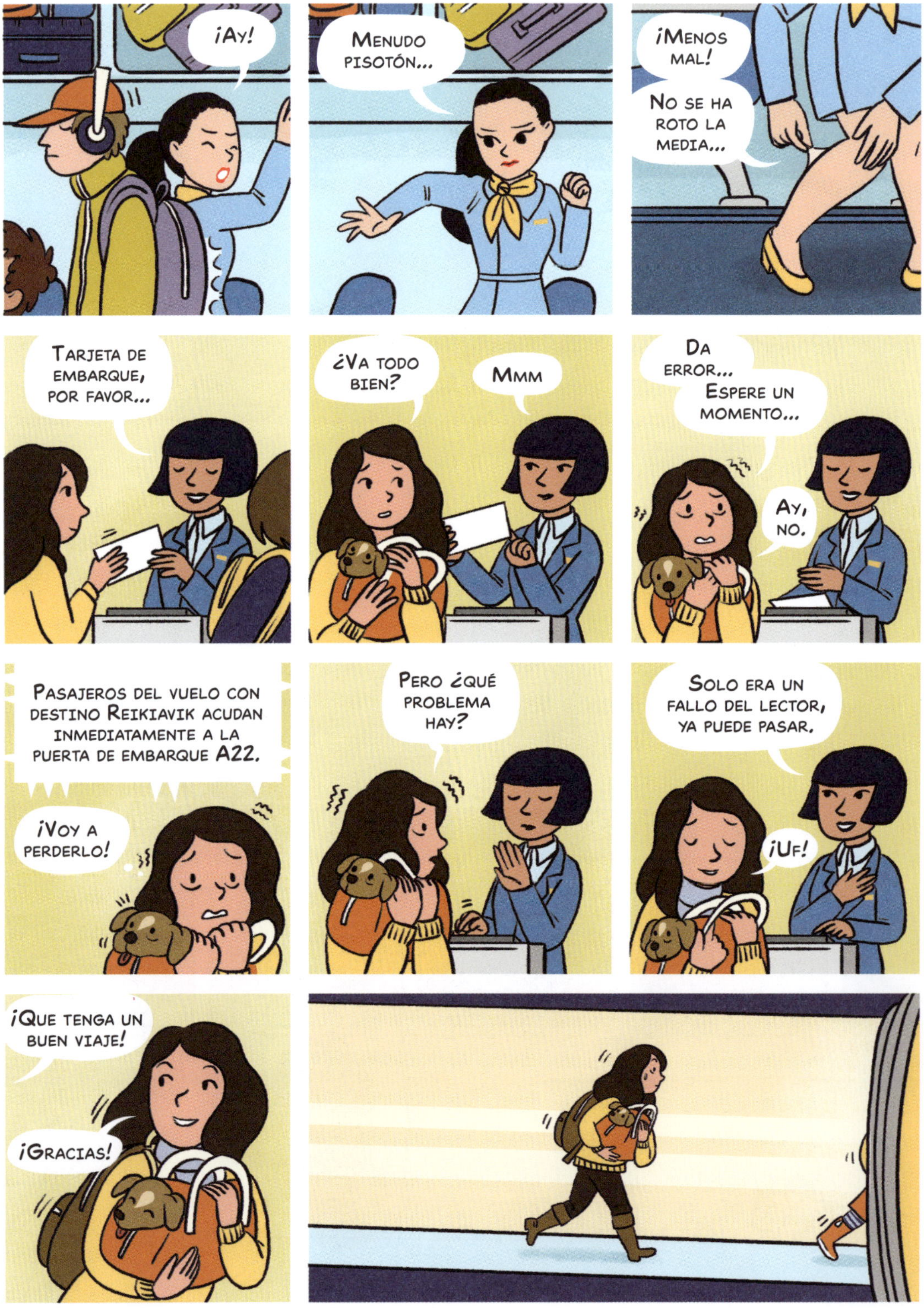
¡Ay!
Menudo pisotón...
¡Menos mal!
No se ha roto la media...
Tarjeta de embarque, por favor...
¿Va todo bien?
Mmm
Da error...
Espere un momento...
Ay, no.
Pasajeros del vuelo con destino Reikiavik acudan inmediatamente a la puerta de embarque A22.
¡Voy a perderlo!
Pero ¿qué problema hay?
Solo era un fallo del lector, ya puede pasar.
¡Uf!
¡Que tenga un buen viaje!
¡Gracias!

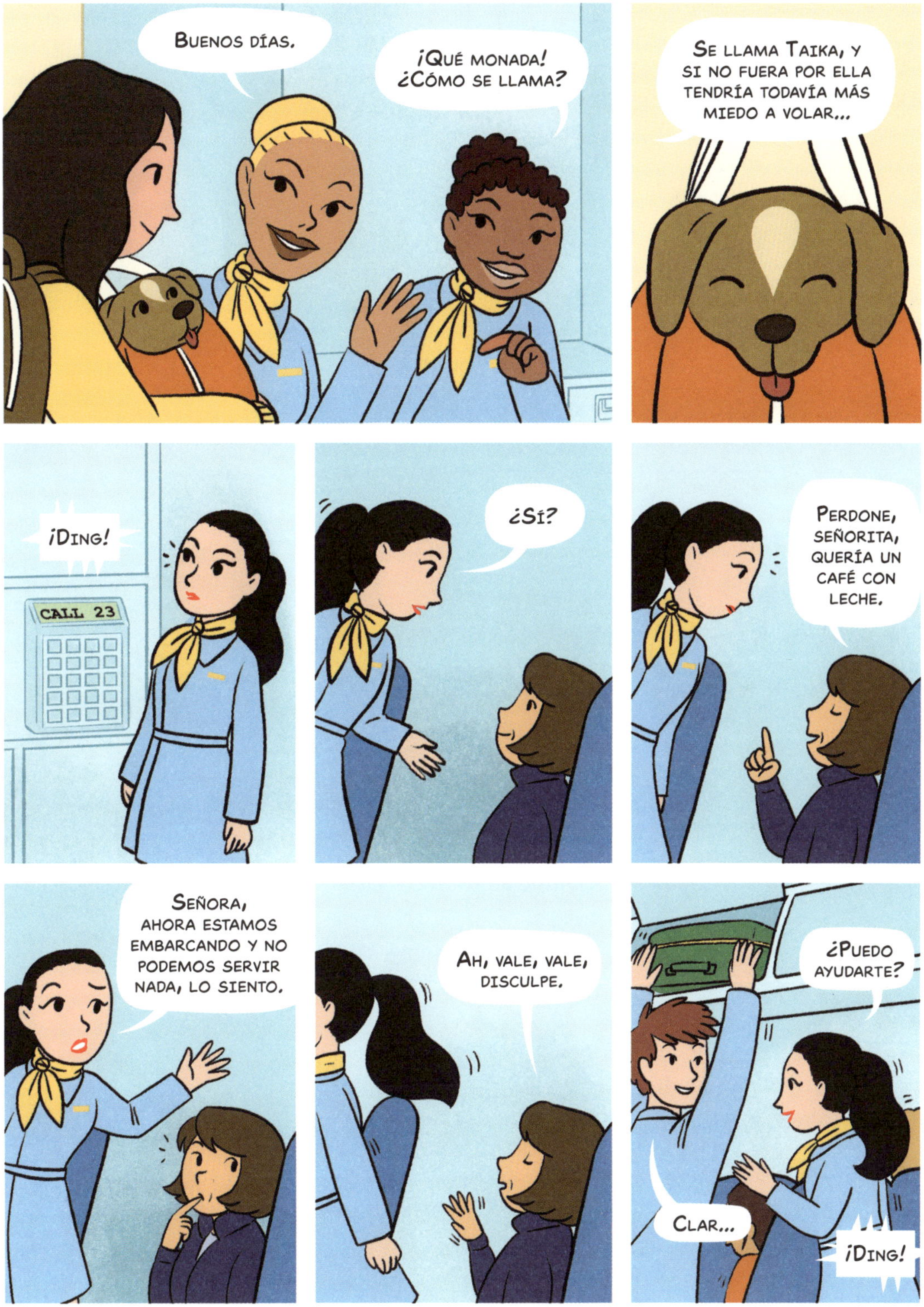

Buenos días.
¡Qué monada! ¿Cómo se llama?
Se llama Taika, y si no fuera por ella tendría todavía más miedo a volar...
¡Ding!
CALL 23
¿Sí?
Perdone, señorita, quería un café con leche.
Señora, ahora estamos embarcando y no podemos servir nada, lo siento.
Ah, vale, vale, disculpe.
¿Puedo ayudarte?
Clar...
¡Ding!

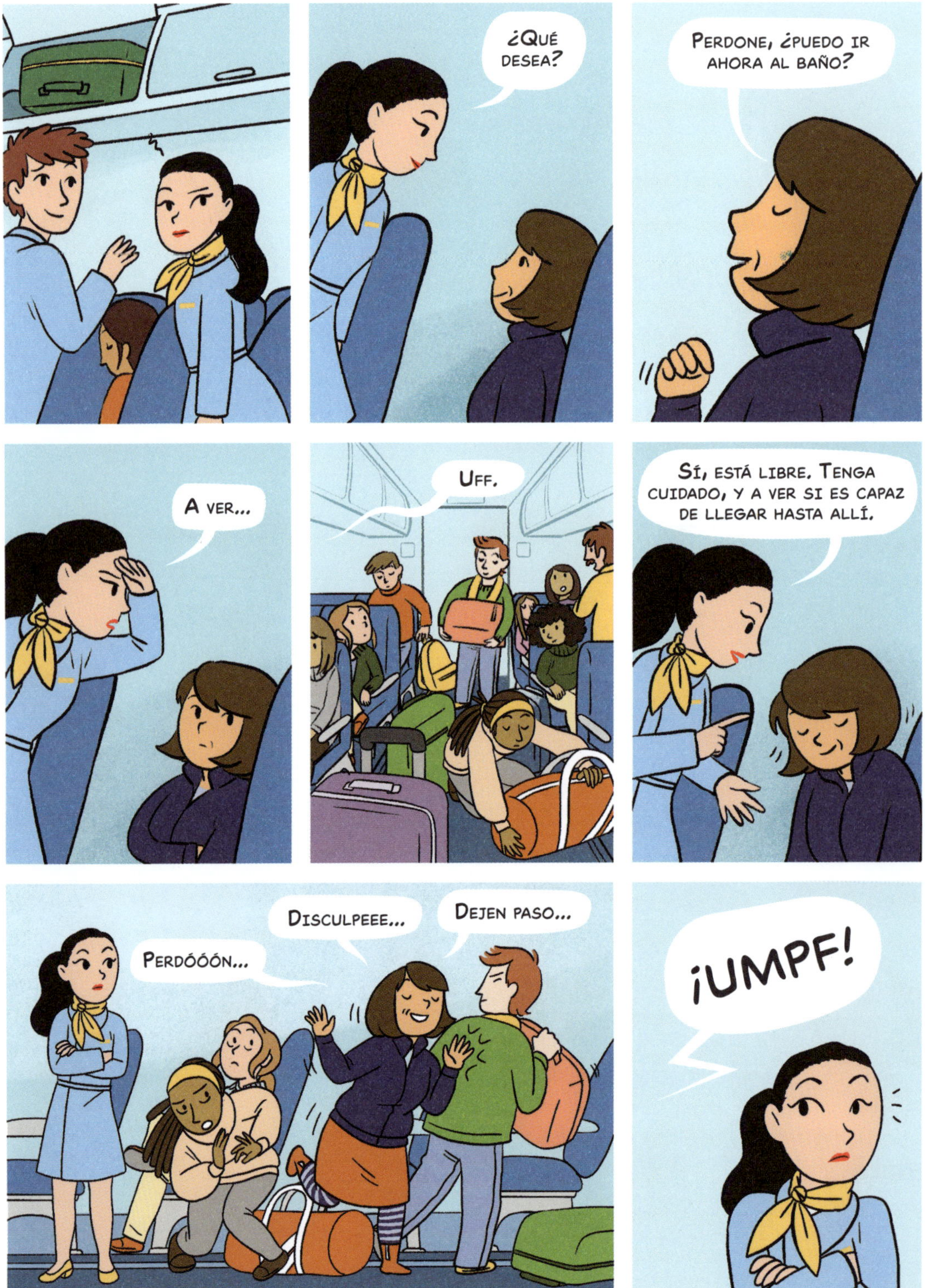
¿Qué desea?
Perdone, ¿puedo ir ahora al baño?
A ver...
Uff.
Sí, está libre. Tenga cuidado, y a ver si es capaz de llegar hasta allí.
Perdóóón...
Disculpeee...
Dejen paso...
¡UMPF!

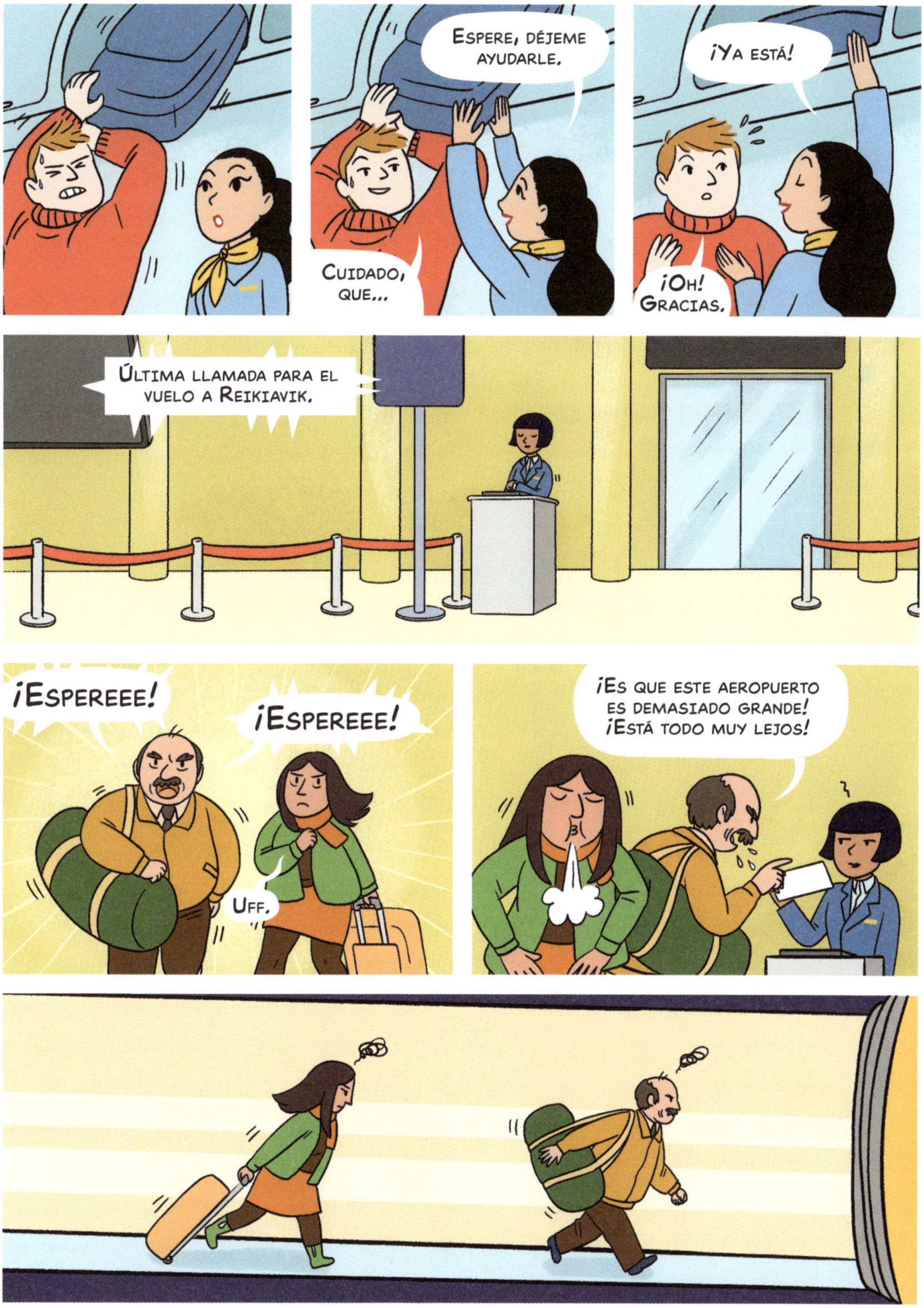
Espere, déjeme ayudarle.
Cuidado, que...
¡Ya está!
¡Oh! Gracias.
Última llamada para el vuelo a Reikiavik.
¡Espereee!
¡Espereee!
Uff.
¡Es que este aeropuerto es demasiado grande! ¡Está todo muy lejos!

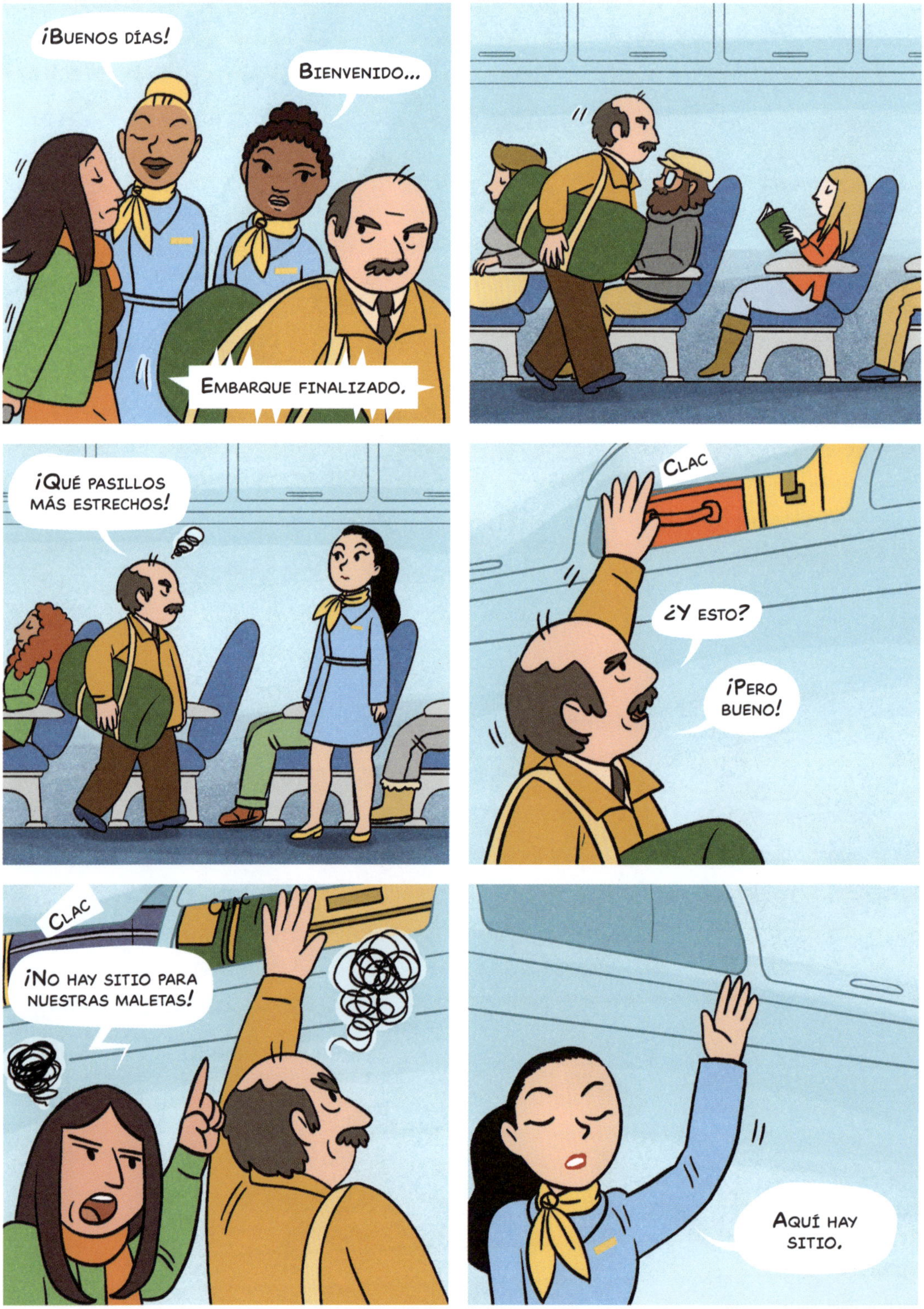
¡Buenos días!
Bienvenido...
Embarque finalizado.
¡Qué pasillos más estrechos!
Clac
¿Y esto?
¡Pero bueno!
Clac
¡No hay sitio para nuestras maletas!
Aquí hay sitio.

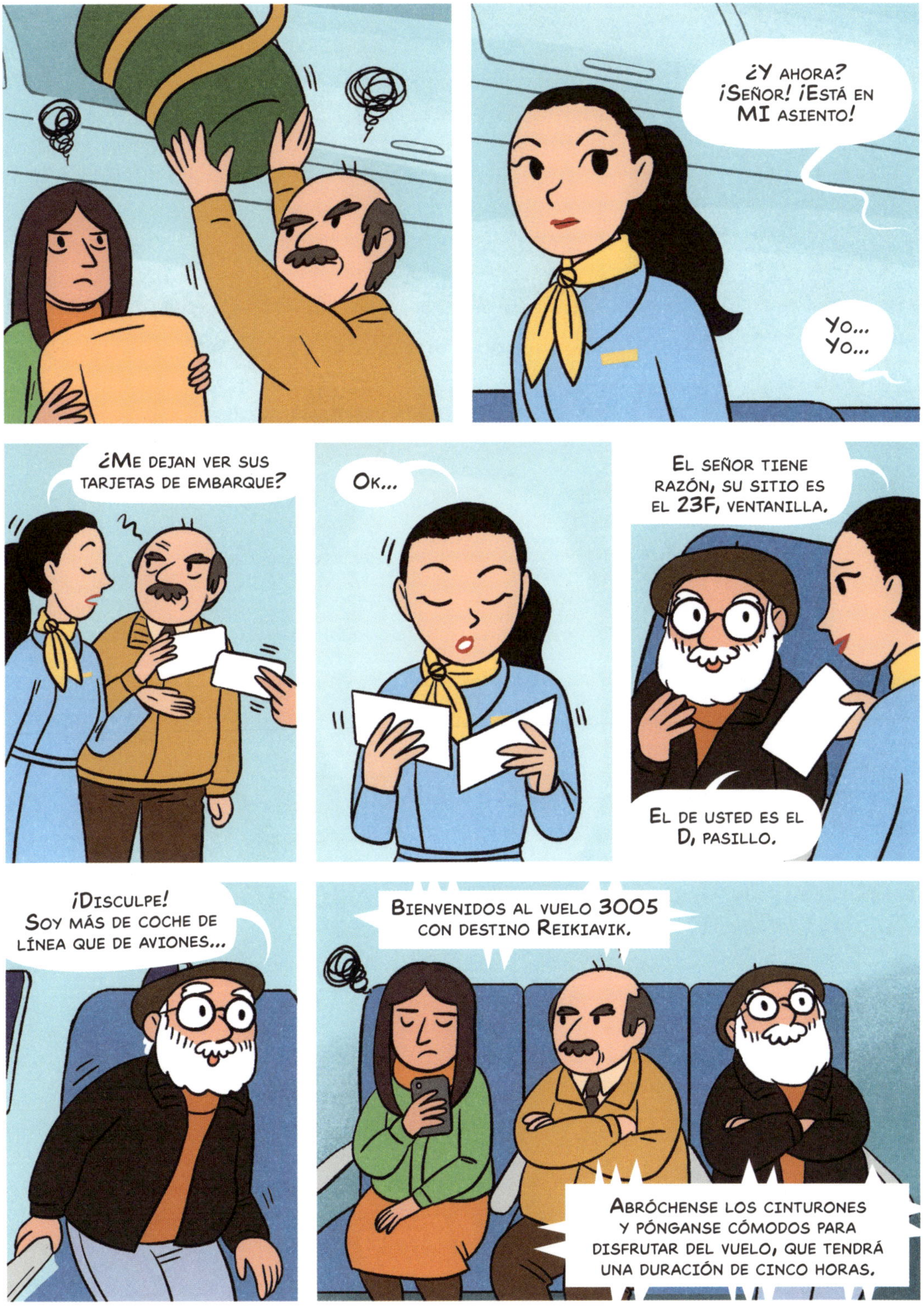
¿Y ahora? ¡Señor! ¡Está en MI asiento!
Yo... Yo...
¿Me dejan ver sus tarjetas de embarque?
Ok...
El señor tiene razón, su sitio es el 23F, ventanilla.
El de usted es el D, pasillo.
¡Disculpe! Soy más de coche de línea que de aviones...
Bienvenidos al vuelo 3005 con destino Reikiavik.
Abróchense los cinturones y pónganse cómodos para disfrutar del vuelo, que tendrá una duración de cinco horas.

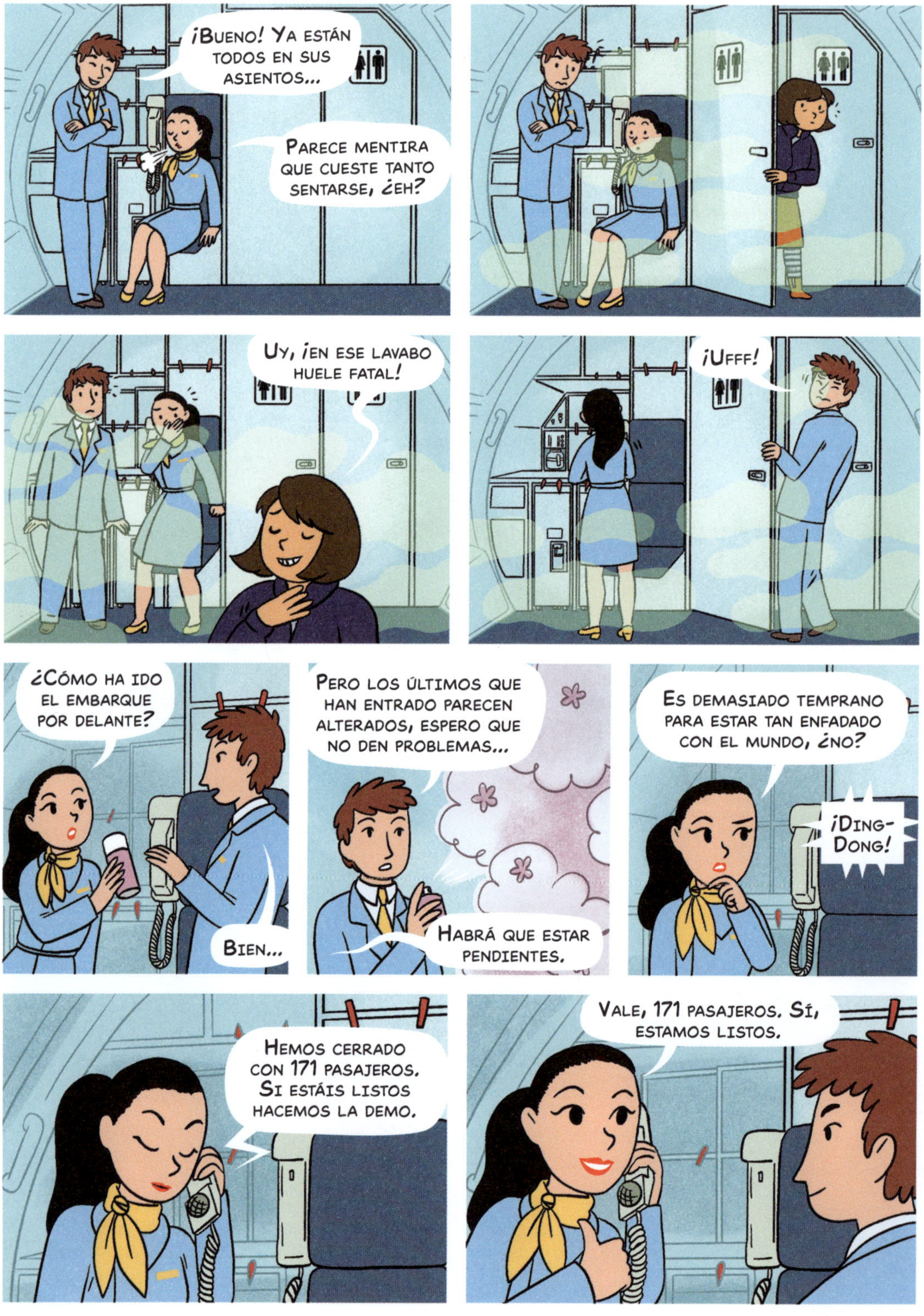
¡Bueno! Ya están todos en sus asientos...
Parece mentira que cueste tanto sentarse, ¿eh?
Uy, ¡en ese lavabo huele fatal!
¡Ufff!
¿Cómo ha ido el embarque por delante?
Bien...
Pero los últimos que han entrado parecen alterados, espero que no den problemas...
Habrá que estar pendientes.
Es demasiado temprano para estar tan enfadado con el mundo, ¿no?
¡Ding-Dong!
Hemos cerrado con 171 pasajeros. Si estáis listos hacemos la demo.
Vale, 171 pasajeros. Sí, estamos listos.

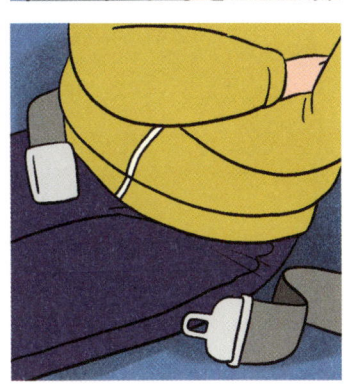

ESTE AVIÓN TIENE 8 SALIDAS DE EMERGENCIA...

2 PUERTAS DELANTE, 4 VENTANILLAS EN EL MEDIO...

... Y 2 PUERTAS TRASERAS.

BANDEJAS PLEGADAS...

CINTURONES ABROCHADOS...

PERSIANAS ABIERTAS...

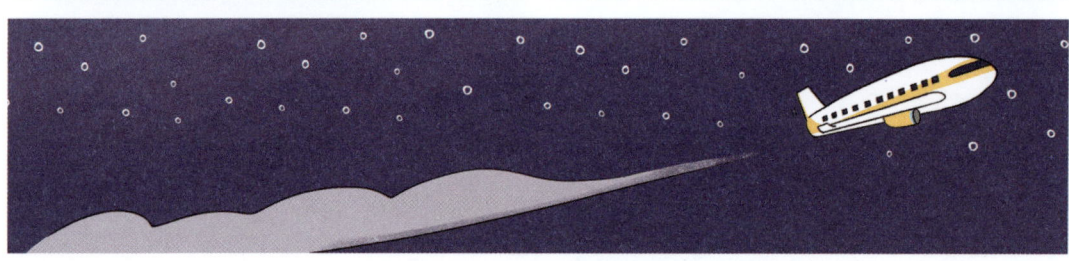

Disculpe, señor, tiene que abrocharse el cinturón.	¡Señor! El cinturón...	Clic

Brrrr	Brrrr

No me puedo creer que en cinco horas estemos en Reikiavik.	Lo mejor de este trabajo es conocer tantos países.	¡Sin duda! Hay que aprovechar el tiempo en el destino siempre. 07:15

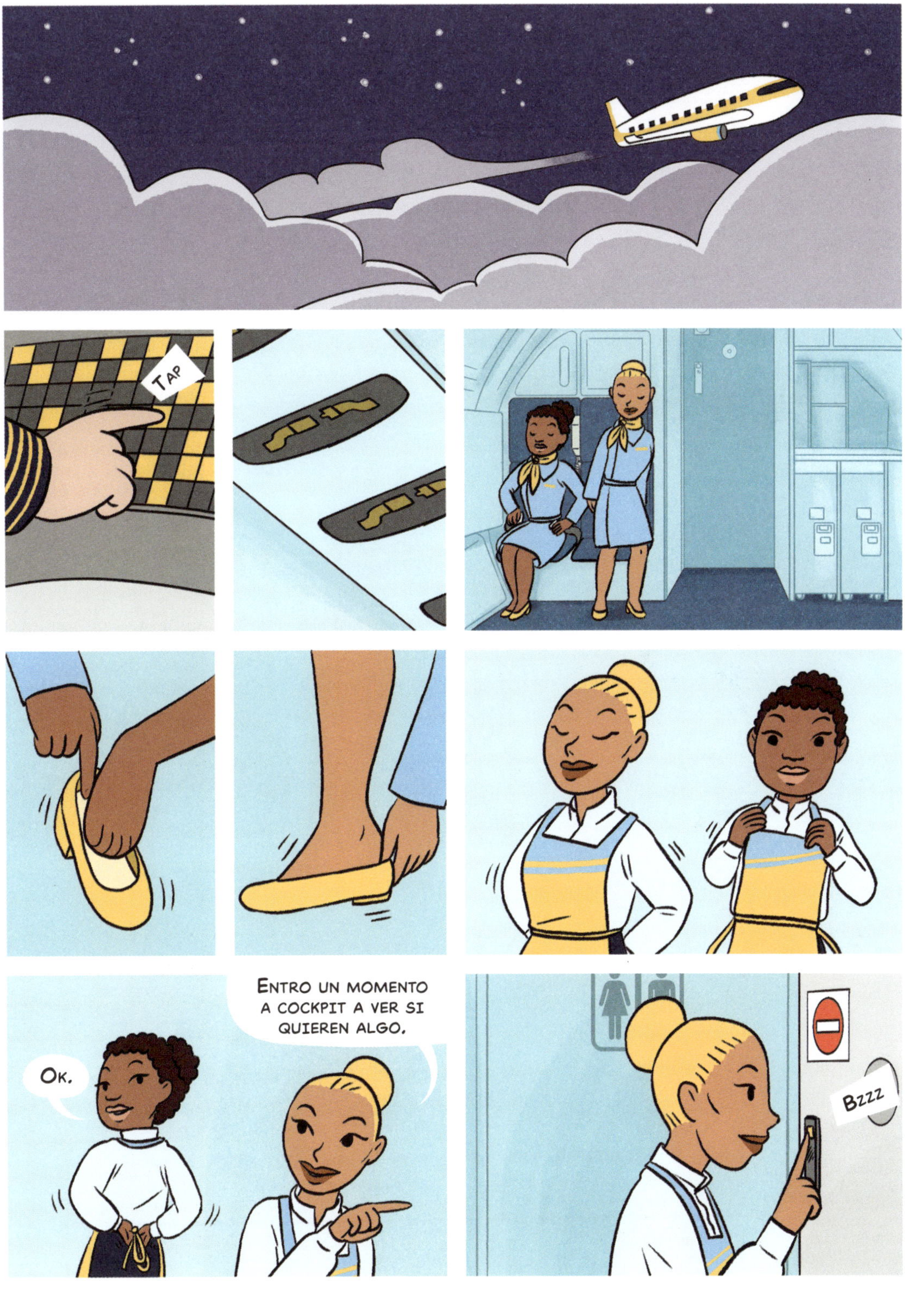

Tap
Entro un momento a cockpit a ver si quieren algo.
Ok.
Bzzz

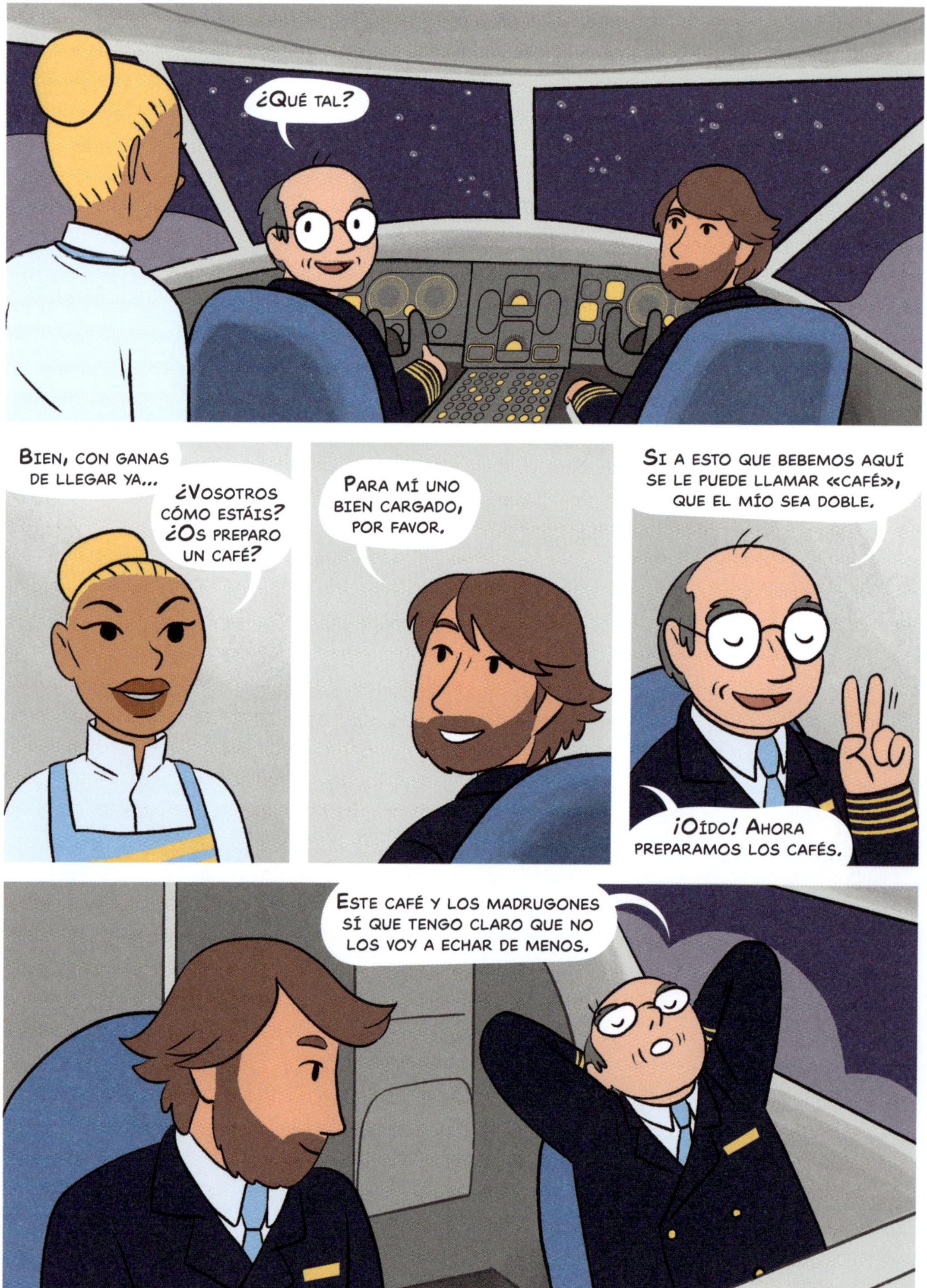
¿Qué tal?
Bien, con ganas de llegar ya...
¿Vosotros cómo estáis? ¿Os preparo un café?
Para mí uno bien cargado, por favor.
Si a esto que bebemos aquí se le puede llamar «café», que el mío sea doble.
¡Oído! Ahora preparamos los cafés.
Este café y los madrugones sí que tengo claro que no los voy a echar de menos.

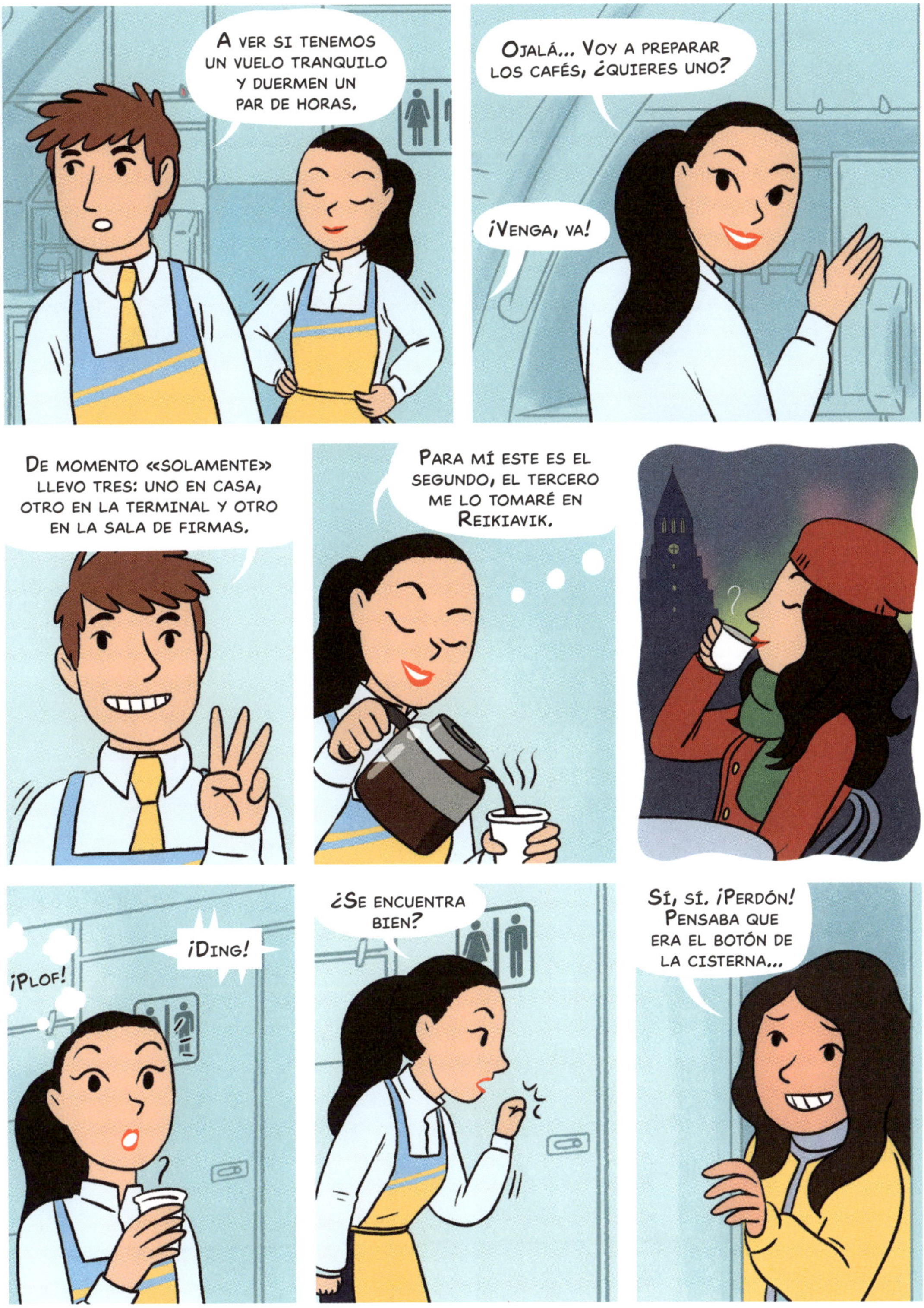
A VER SI TENEMOS UN VUELO TRANQUILO Y DUERMEN UN PAR DE HORAS.
OJALÁ... VOY A PREPARAR LOS CAFÉS, ¿QUIERES UNO?
¡VENGA, VA!
DE MOMENTO «SOLAMENTE» LLEVO TRES: UNO EN CASA, OTRO EN LA TERMINAL Y OTRO EN LA SALA DE FIRMAS.
PARA MÍ ESTE ES EL SEGUNDO, EL TERCERO ME LO TOMARÉ EN REIKIAVIK.
¡DING!
¡PLOF!
¿SE ENCUENTRA BIEN?
SÍ, SÍ. ¡PERDÓN! PENSABA QUE ERA EL BOTÓN DE LA CISTERNA...

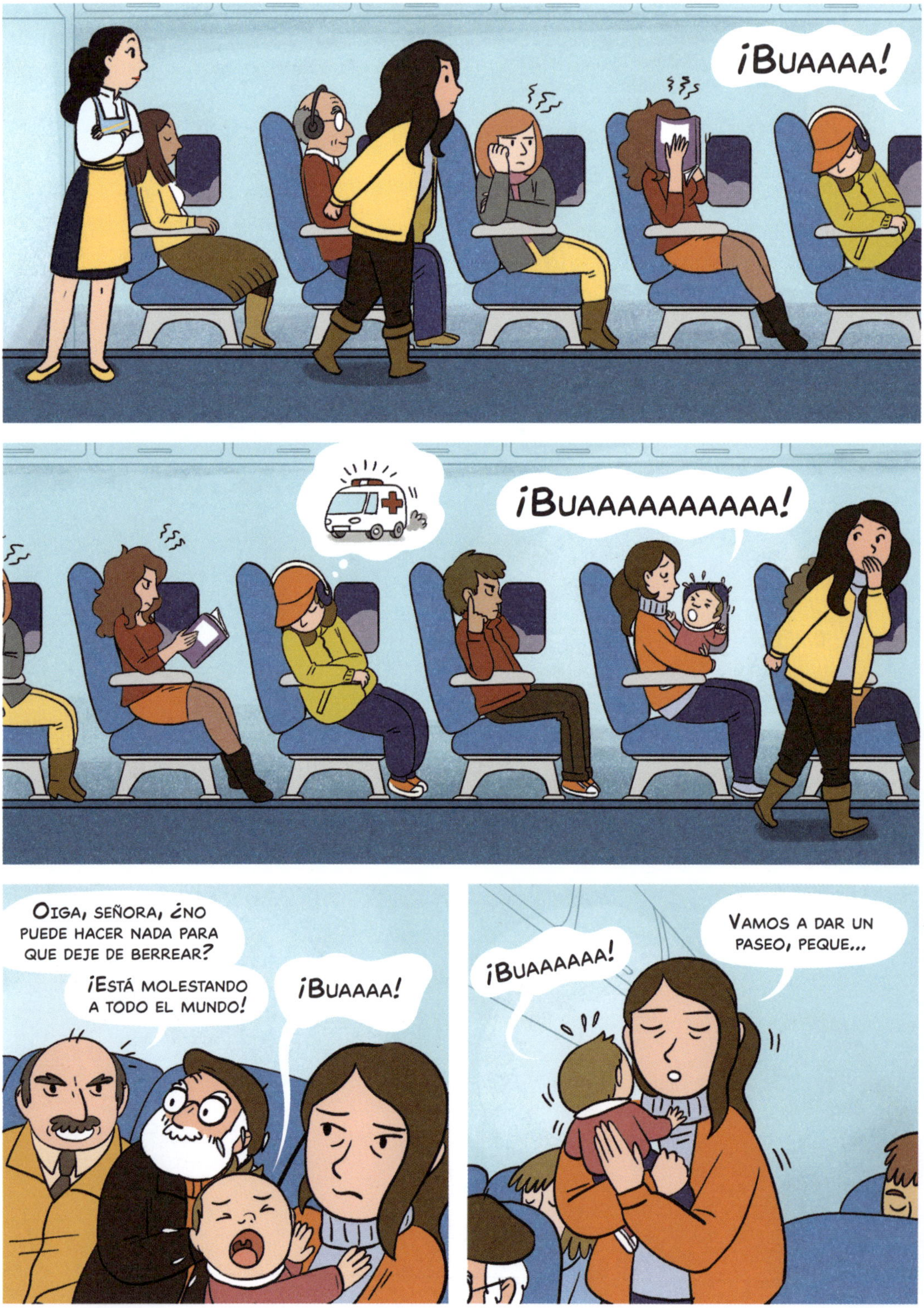
¡Buaaaa!
¡Buaaaaaaaaaaa!
Oiga, señora, ¿no puede hacer nada para que deje de berrear?
¡Está molestando a todo el mundo!
¡Buaaaa!
¡Buaaaaaa!
Vamos a dar un paseo, peque...

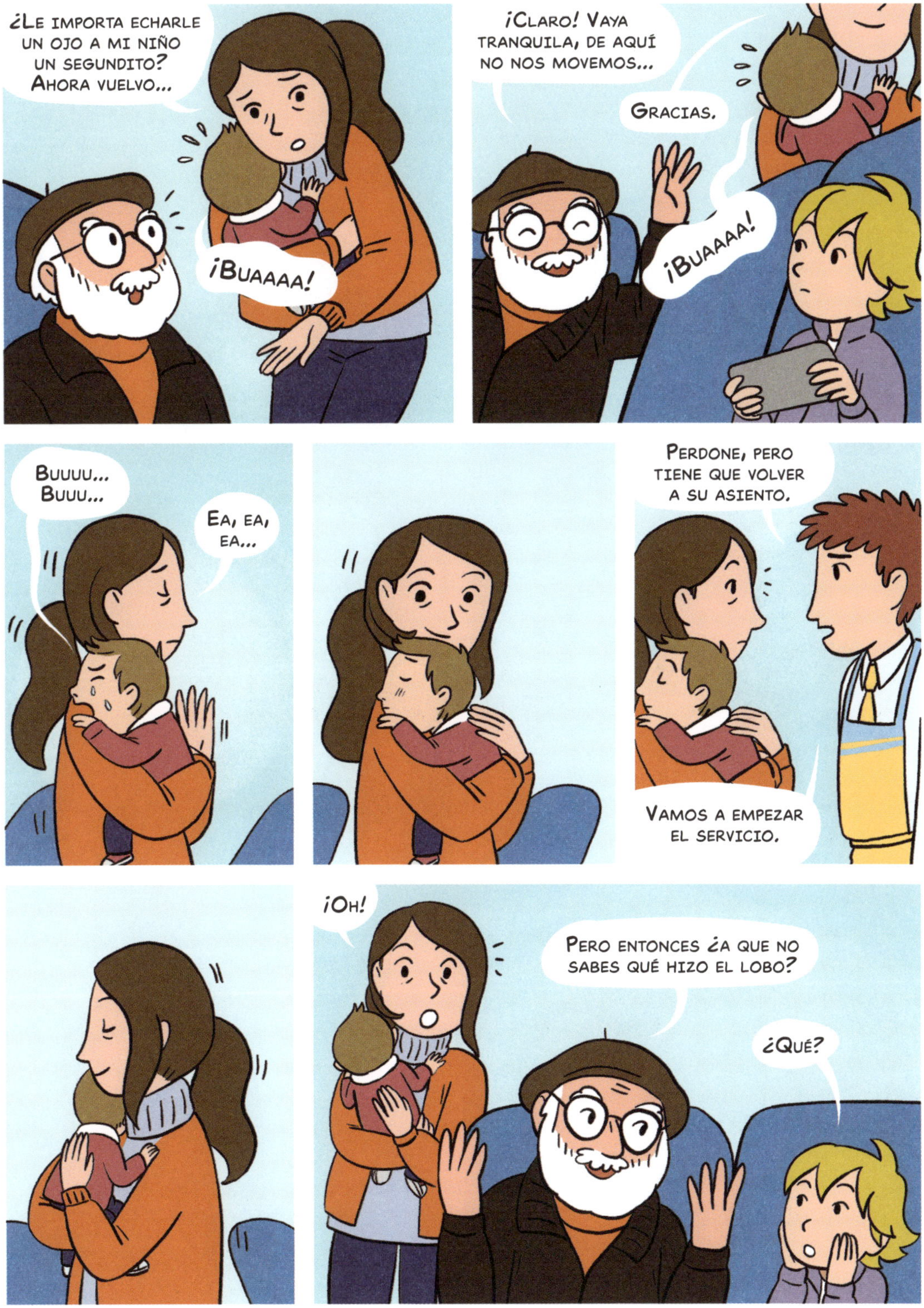
¿Le importa echarle un ojo a mi niño un segundito? Ahora vuelvo...
¡Buaaaa!
¡Claro! Vaya tranquila, de aquí no nos movemos...
Gracias.
¡Buaaaa!
Buuuu... Buuu...
Ea, ea, ea...
Perdone, pero tiene que volver a su asiento.
Vamos a empezar el servicio.
¡Oh!
Pero entonces ¿a que no sabes qué hizo el lobo?
¿Qué?

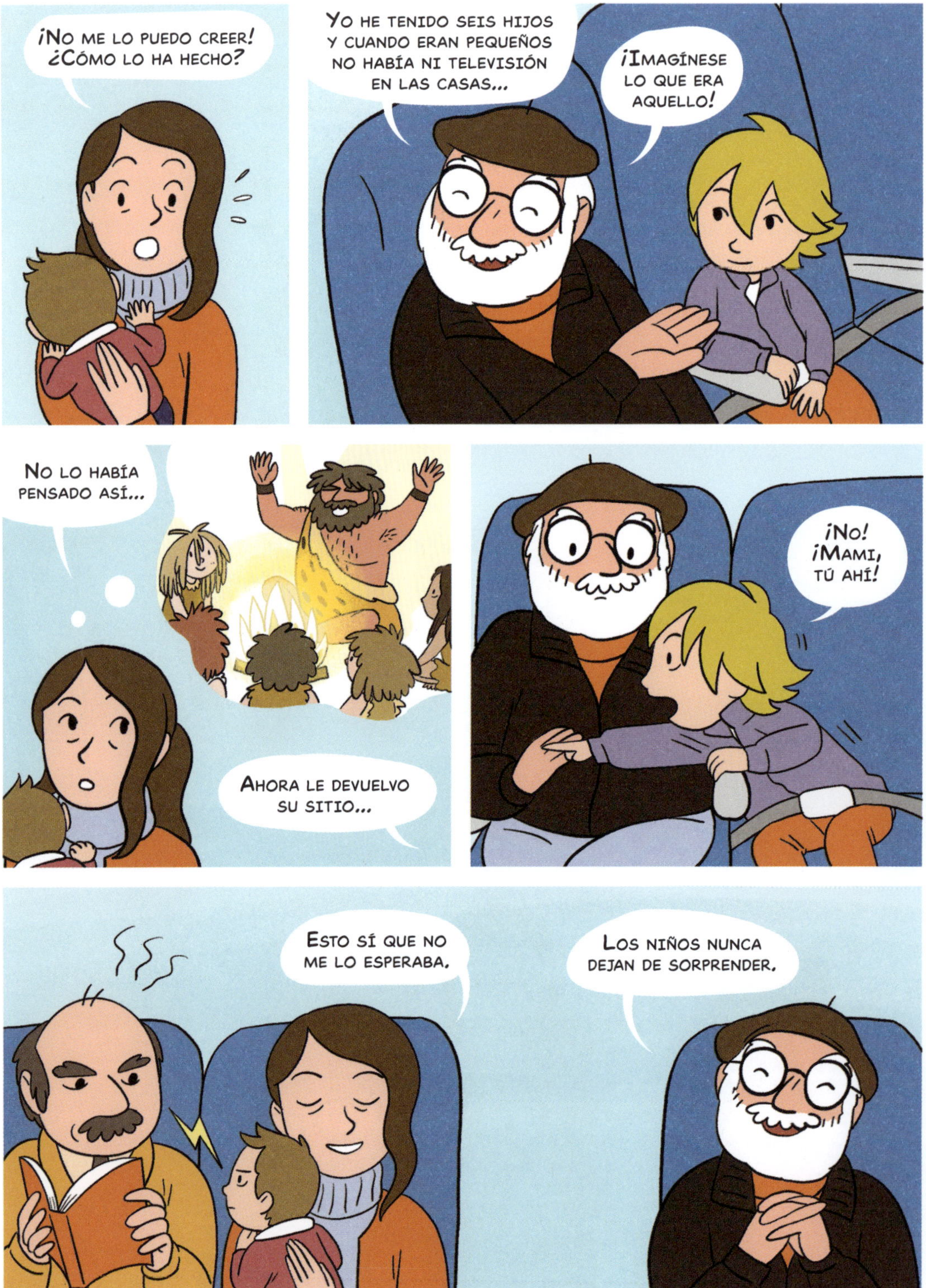
¡No me lo puedo creer! ¿Cómo lo ha hecho?
Yo he tenido seis hijos y cuando eran pequeños no había ni televisión en las casas...
¡Imagínese lo que era aquello!
No lo había pensado así...
Ahora le devuelvo su sitio...
¡No! ¡Mami, tú ahí!
Esto sí que no me lo esperaba.
Los niños nunca dejan de sorprender.

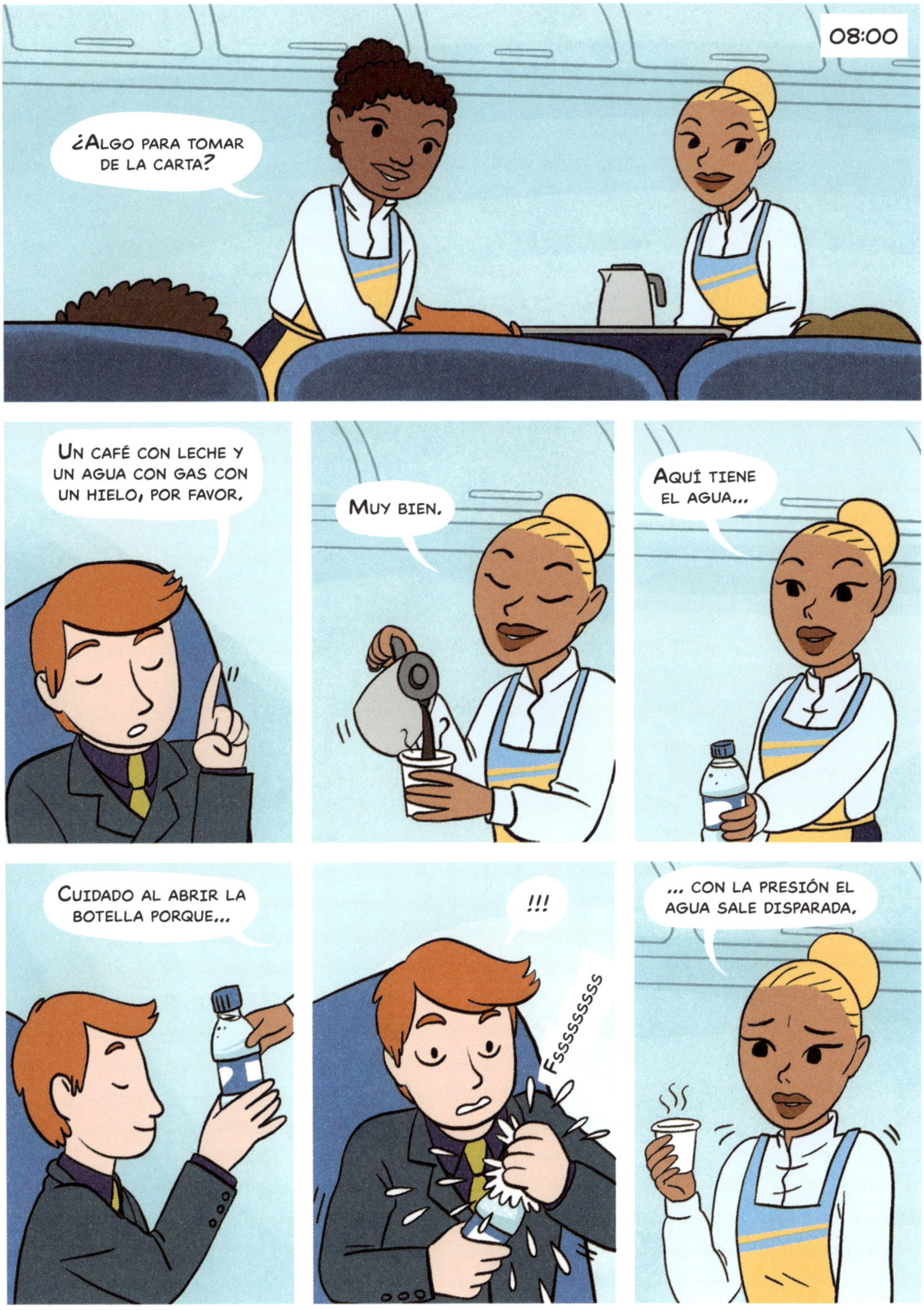
08:00
¿Algo para tomar de la carta?
Un café con leche y un agua con gas con un hielo, por favor.
Muy bien.
Aquí tiene el agua...
Cuidado al abrir la botella porque...
!!!
Fssssssss
... con la presión el agua sale disparada.

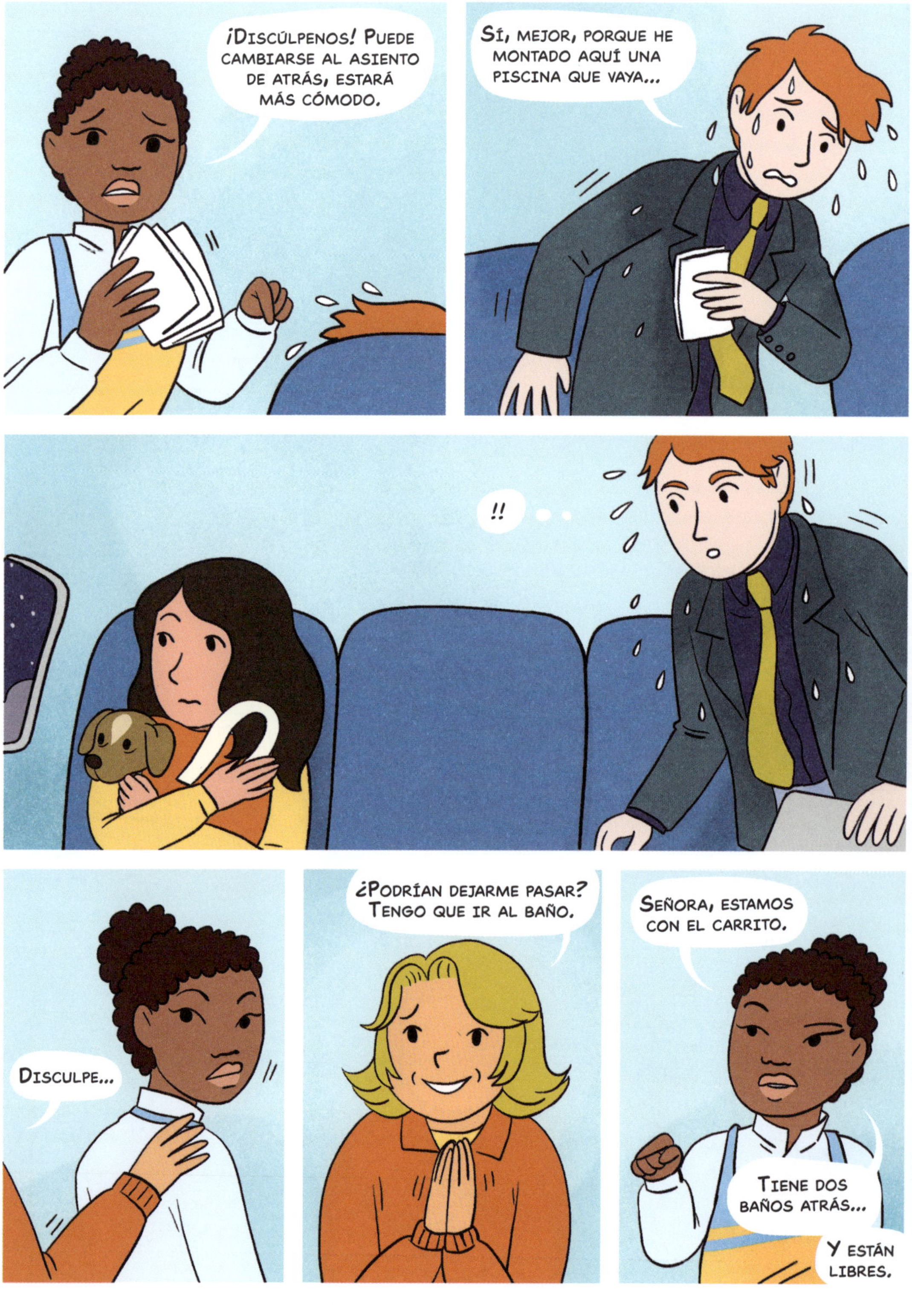
¡Discúlpenos! Puede cambiarse al asiento de atrás, estará más cómodo.
Sí, mejor, porque he montado aquí una piscina que vaya...
!!
Disculpe...
¿Podrían dejarme pasar? Tengo que ir al baño.
Señora, estamos con el carrito.
Tiene dos baños atrás...
Y están libres.

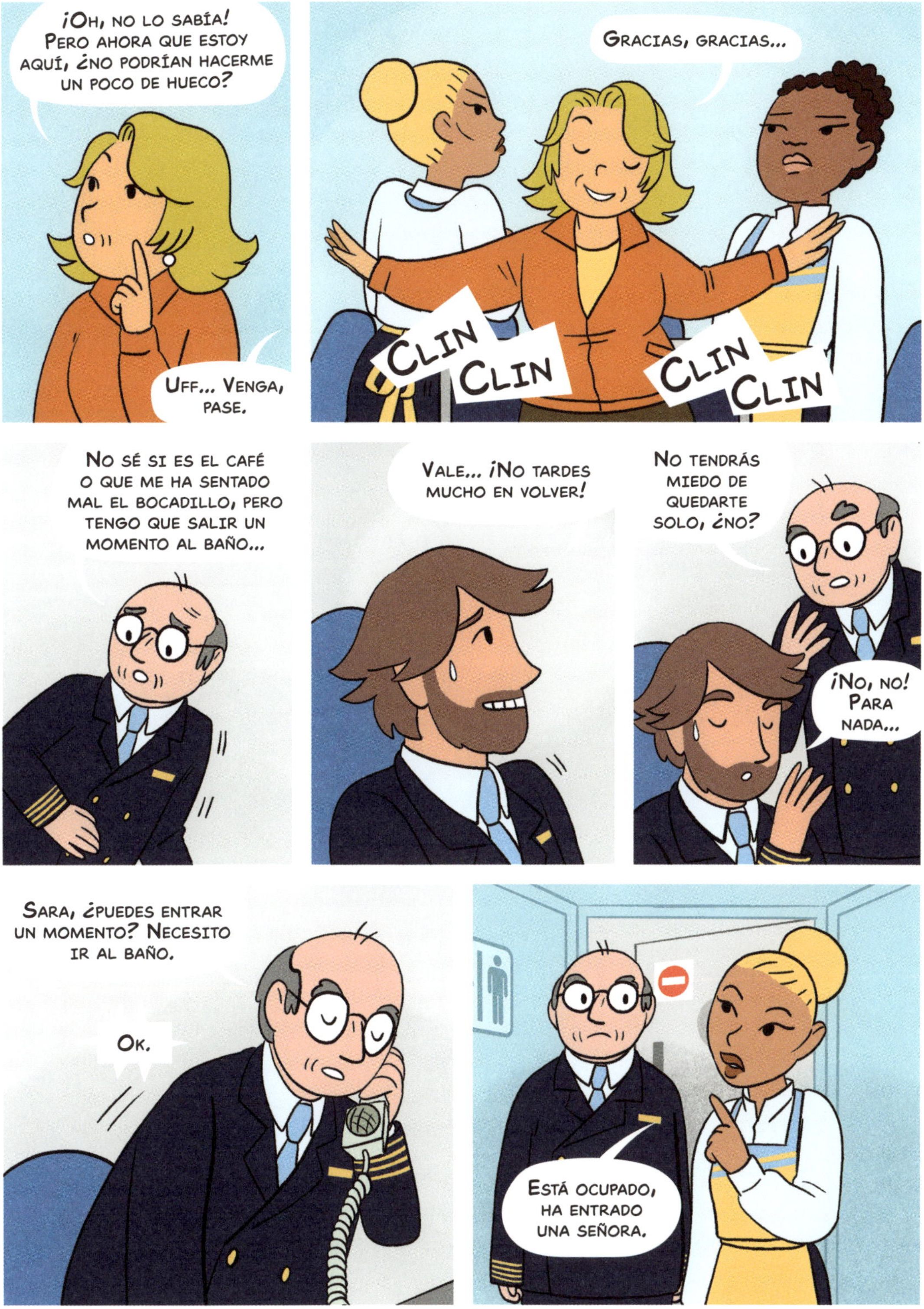
¡Oh, no lo sabía! Pero ahora que estoy aquí, ¿no podrían hacerme un poco de hueco?
Uff... Venga, pase.
Gracias, gracias...
Clin
Clin
Clin
Clin
No sé si es el café o que me ha sentado mal el bocadillo, pero tengo que salir un momento al baño...
Vale... ¡No tardes mucho en volver!
No tendrás miedo de quedarte solo, ¿no?
¡No, no! Para nada...
Sara, ¿puedes entrar un momento? Necesito ir al baño.
Ok.
Está ocupado, ha entrado una señora.

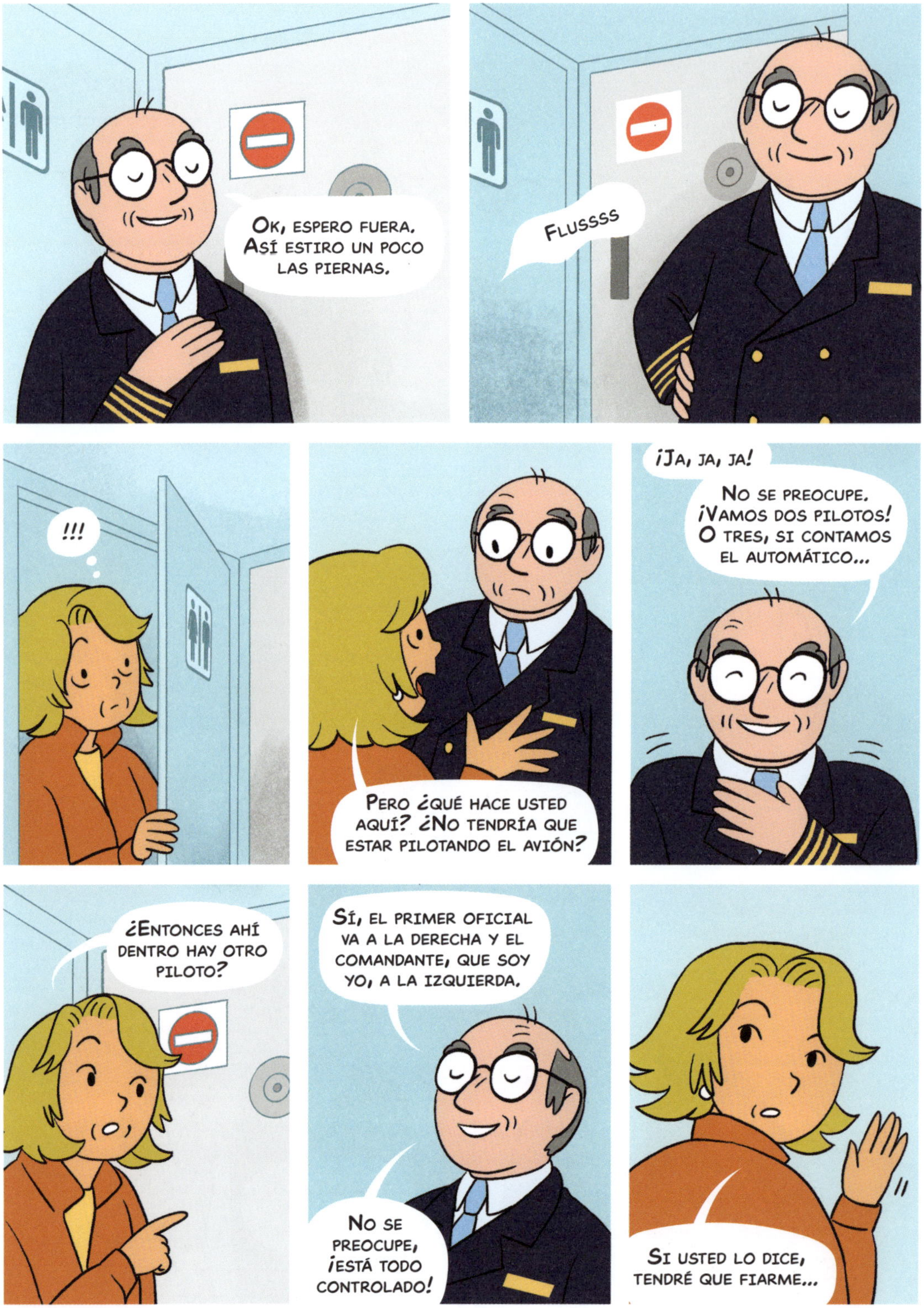

OK, ESPERO FUERA. ASÍ ESTIRO UN POCO LAS PIERNAS.
FLUSSSS
!!!
PERO ¿QUÉ HACE USTED AQUÍ? ¿NO TENDRÍA QUE ESTAR PILOTANDO EL AVIÓN?
¡JA, JA, JA!
NO SE PREOCUPE. ¡VAMOS DOS PILOTOS! O TRES, SI CONTAMOS EL AUTOMÁTICO...
¿ENTONCES AHÍ DENTRO HAY OTRO PILOTO?
SÍ, EL PRIMER OFICIAL VA A LA DERECHA Y EL COMANDANTE, QUE SOY YO, A LA IZQUIERDA.
NO SE PREOCUPE, ¡ESTÁ TODO CONTROLADO!
SI USTED LO DICE, TENDRÉ QUE FIARME...

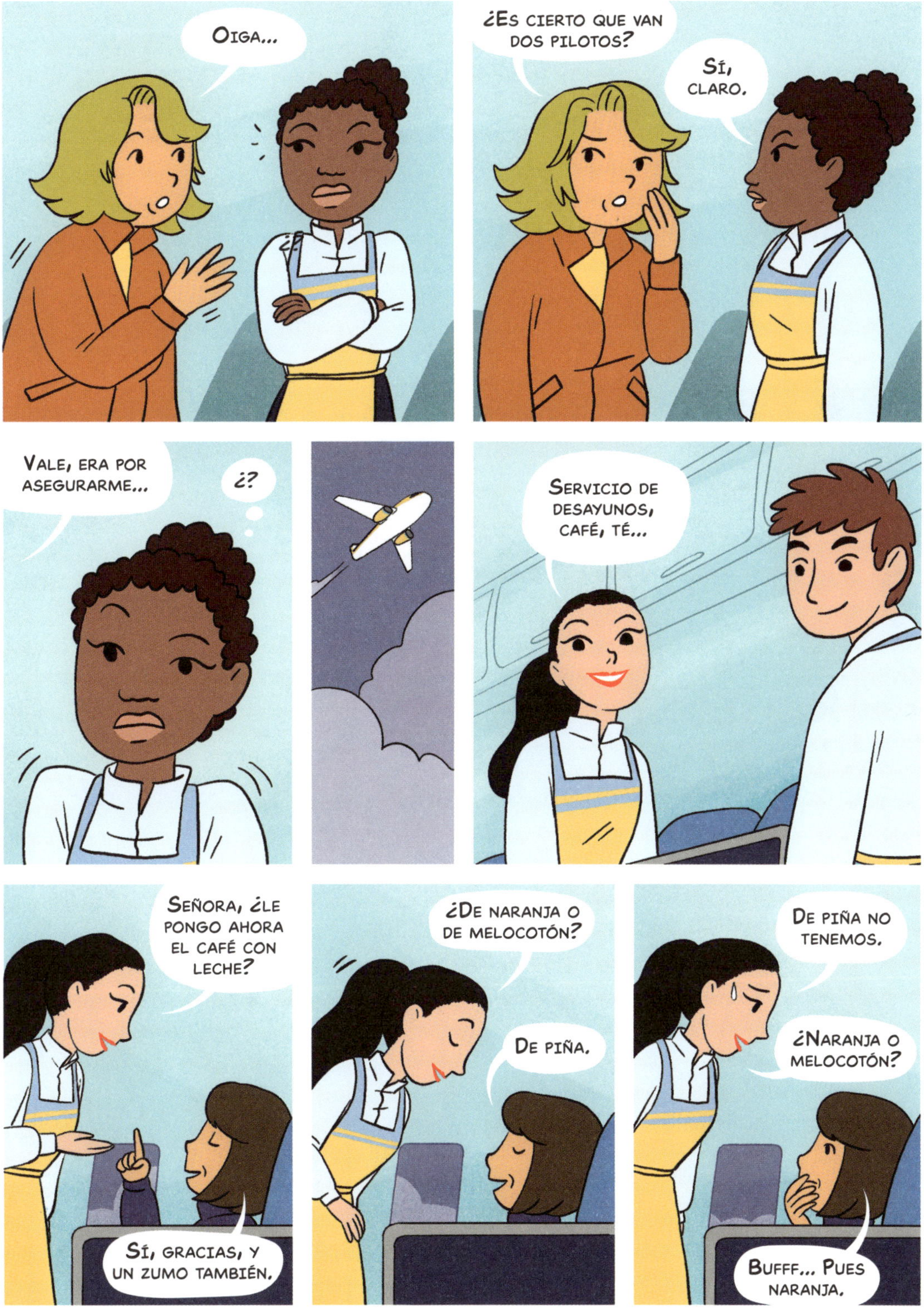
Oiga...
¿Es cierto que van dos pilotos?
Sí, claro.
Vale, era por asegurarme...
¿?
Servicio de desayunos, café, té...
Señora, ¿le pongo ahora el café con leche?
Sí, gracias, y un zumo también.
¿De naranja o de melocotón?
De piña.
De piña no tenemos.
¿Naranja o melocotón?
Bufff... Pues naranja.

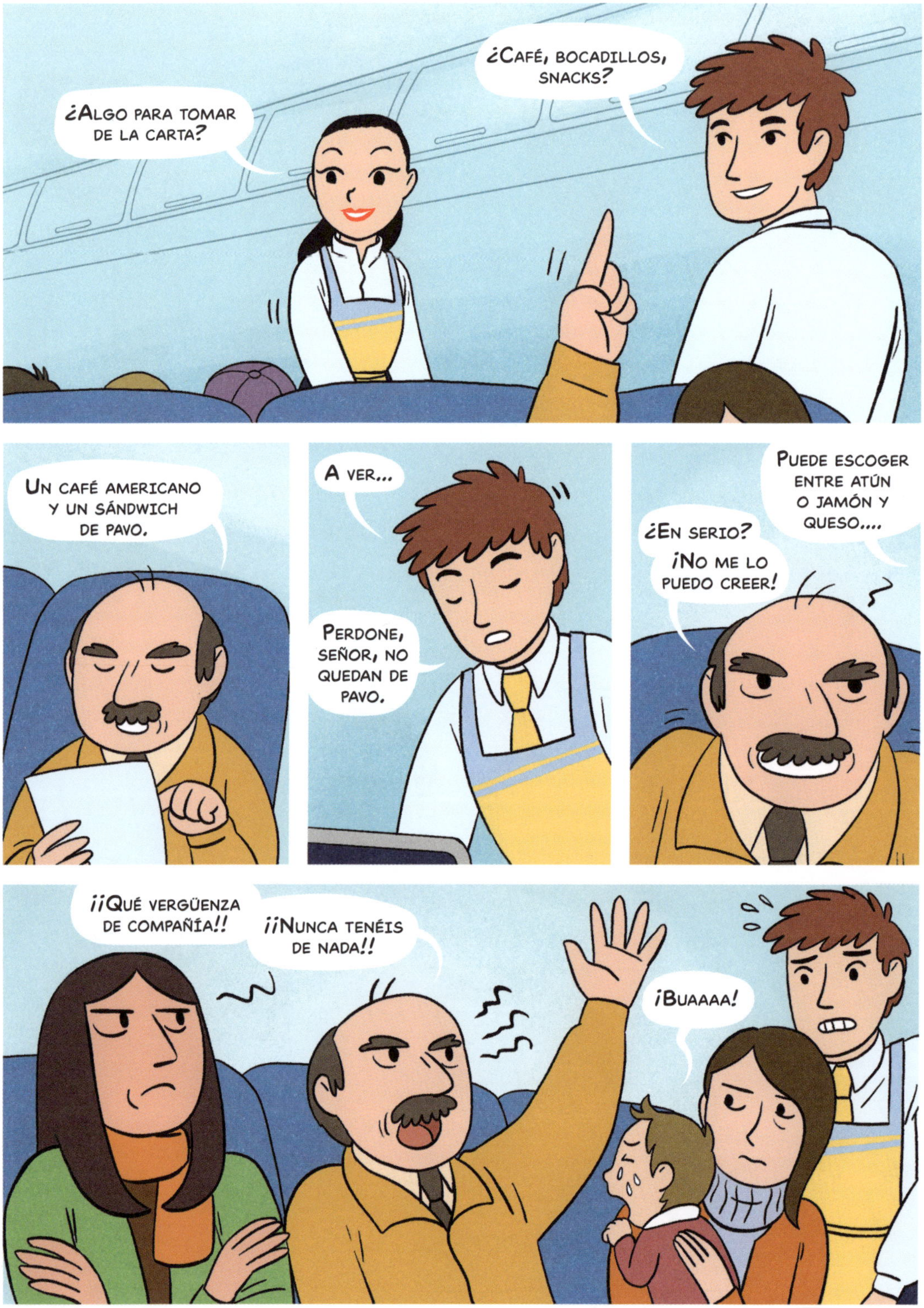
¿Algo para tomar de la carta?
¿Café, bocadillos, snacks?
Un café americano y un sándwich de pavo.
A ver...
Perdone, señor, no quedan de pavo.
Puede escoger entre atún o jamón y queso....
¿En serio?
¡No me lo puedo creer!
¡¡Qué vergüenza de compañía!!
¡¡Nunca tenéis de nada!!
¡Buaaaa!

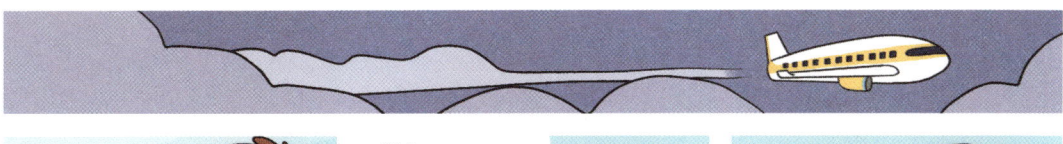

Panel 1: Lo sentimos, señor, se han agotado. ¿Desea otra cosa?
¡Buaaa!

Panel 2: Ponme el café... ¡y unos tapones para los oídos!
¡Buaaa!

Panel 3: Son dos euros, por favor.

Panel 4: ¡Ah, que encima hay que pagar! ¿No está incluido el servicio? ¡Qué cutre!

Panel 5: Si quiere le podemos dar un vasito de agua de cortesía.

Panel 6: ¡No hace falta! Ya no quiero nada.

Panel 8: ¿Me puede dar más azúcar?
¡Ding!

Panel 9: Claro, aquí tiene.

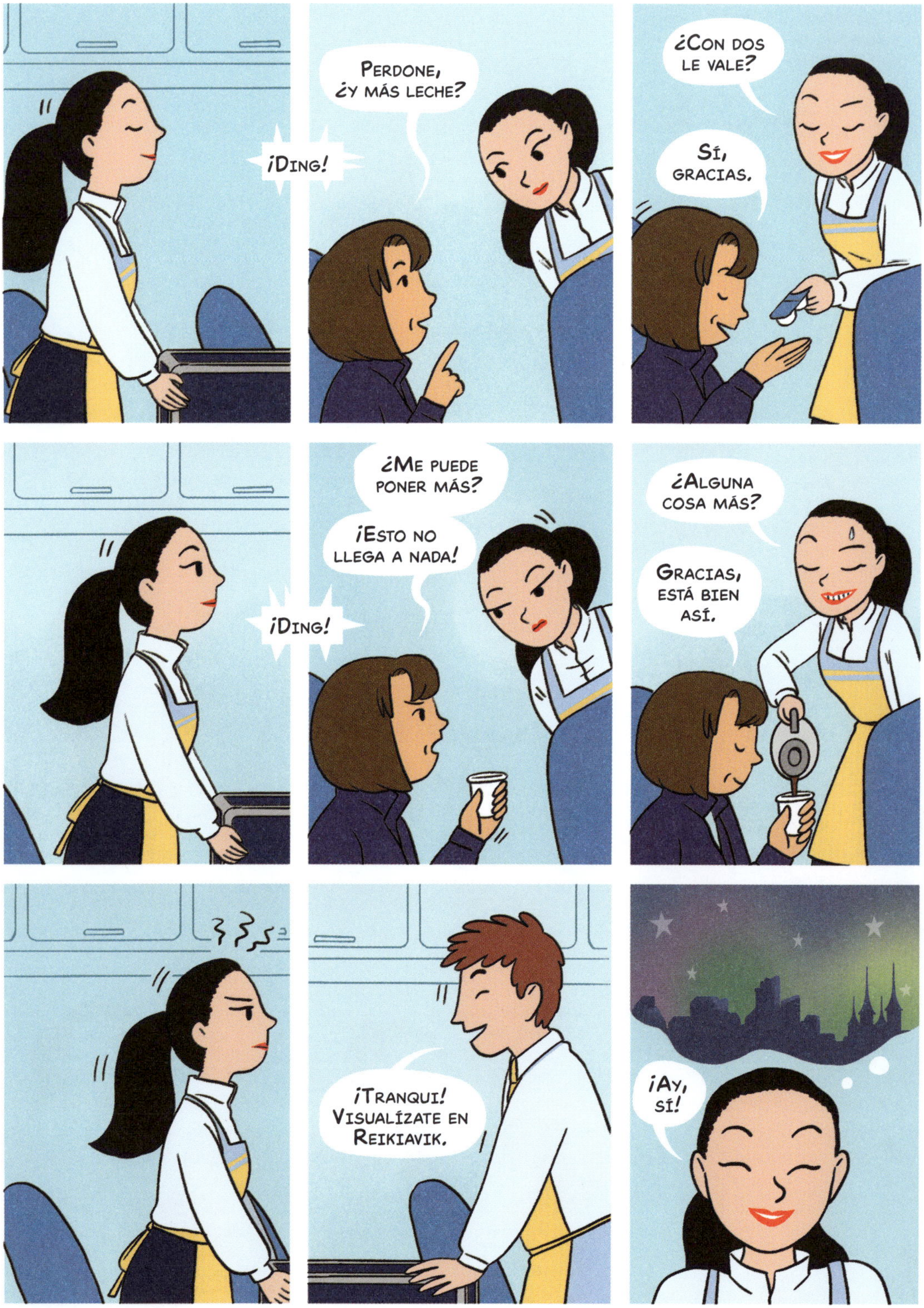
¡Ding!
Perdone, ¿y más leche?
¿Con dos le vale?
Sí, gracias.
¡Ding!
¿Me puede poner más?
¡Esto no llega a nada!
¿Alguna cosa más?
Gracias, está bien así.
¡Tranqui! Visualízate en Reikiavik.
¡Ay, sí!

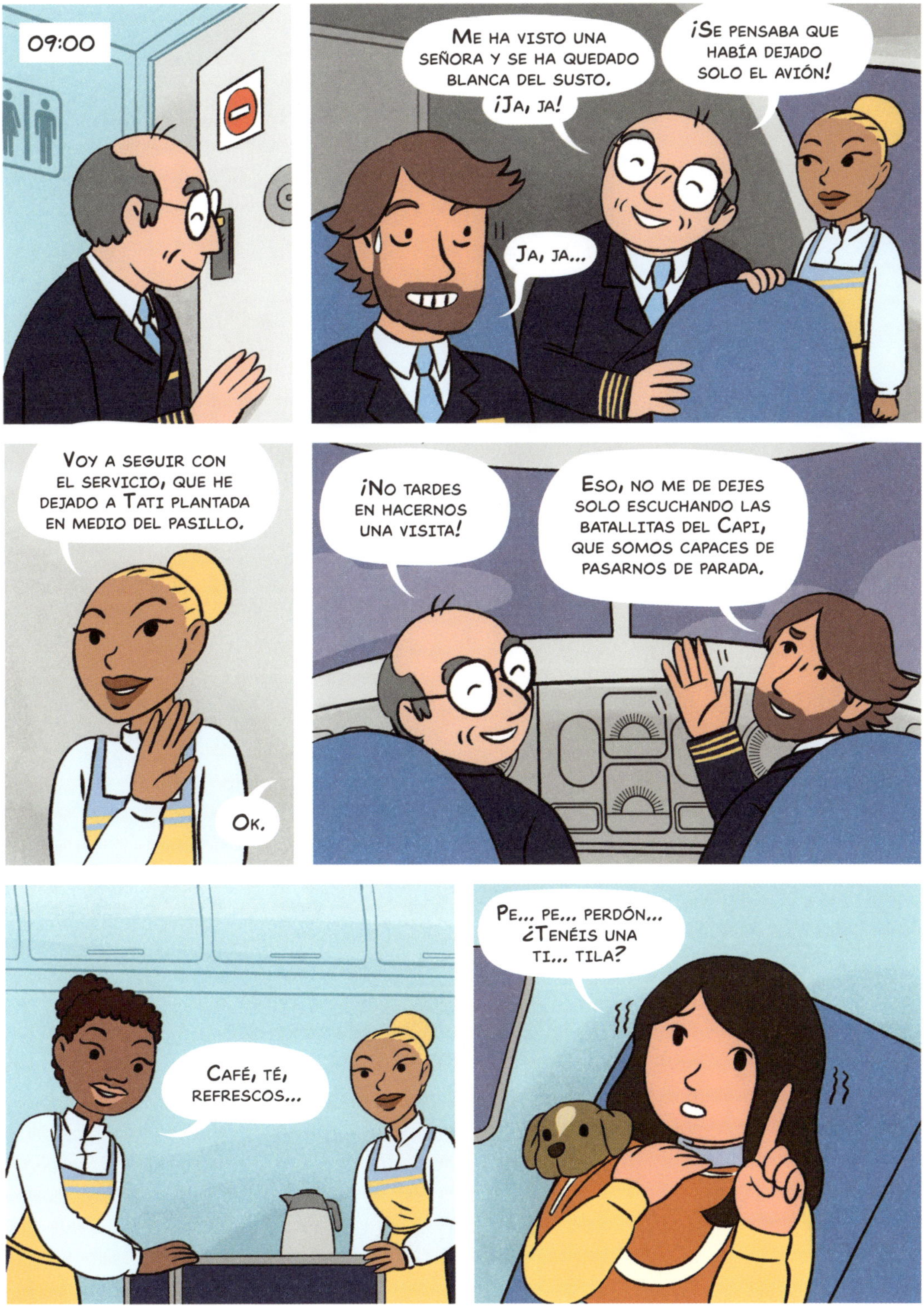
09:00
Me ha visto una señora y se ha quedado blanca del susto. ¡Ja, ja!
¡Se pensaba que había dejado solo el avión!
Ja, ja...
Voy a seguir con el servicio, que he dejado a Tati plantada en medio del pasillo.
Ok.
¡No tardes en hacernos una visita!
Eso, no me de dejes solo escuchando las batallitas del Capi, que somos capaces de pasarnos de parada.
Café, té, refrescos...
Pe... pe... perdón... ¿Tenéis una ti... tila?

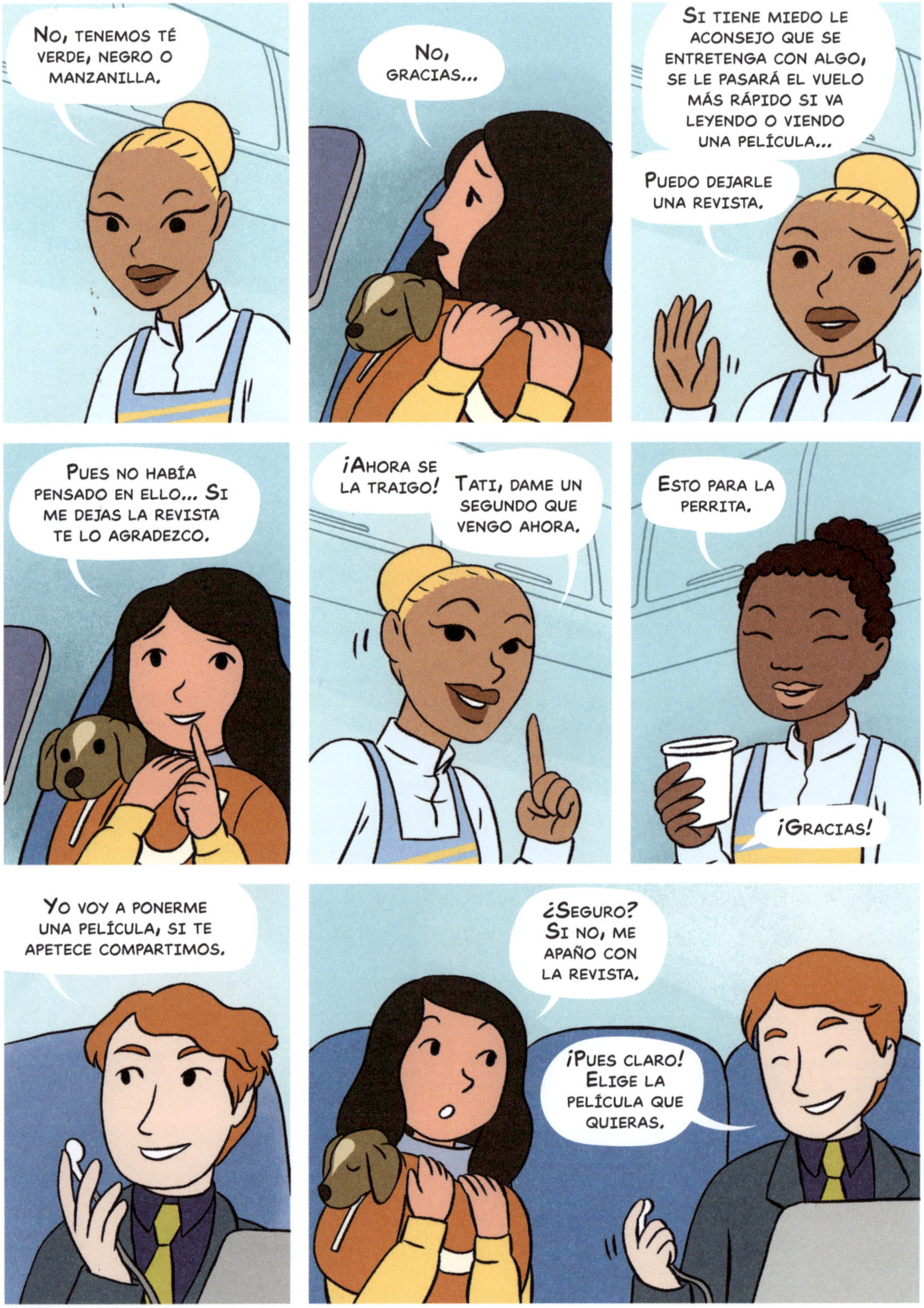
No, tenemos té verde, negro o manzanilla.
No, gracias...
Si tiene miedo le aconsejo que se entretenga con algo, se le pasará el vuelo más rápido si va leyendo o viendo una película...
Puedo dejarle una revista.
Pues no había pensado en ello... Si me dejas la revista te lo agradezco.
¡Ahora se la traigo!
Tati, dame un segundo que vengo ahora.
Esto para la perrita.
¡Gracias!
Yo voy a ponerme una película, si te apetece compartimos.
¿Seguro? Si no, me apaño con la revista.
¡Pues claro! Elige la película que quieras.

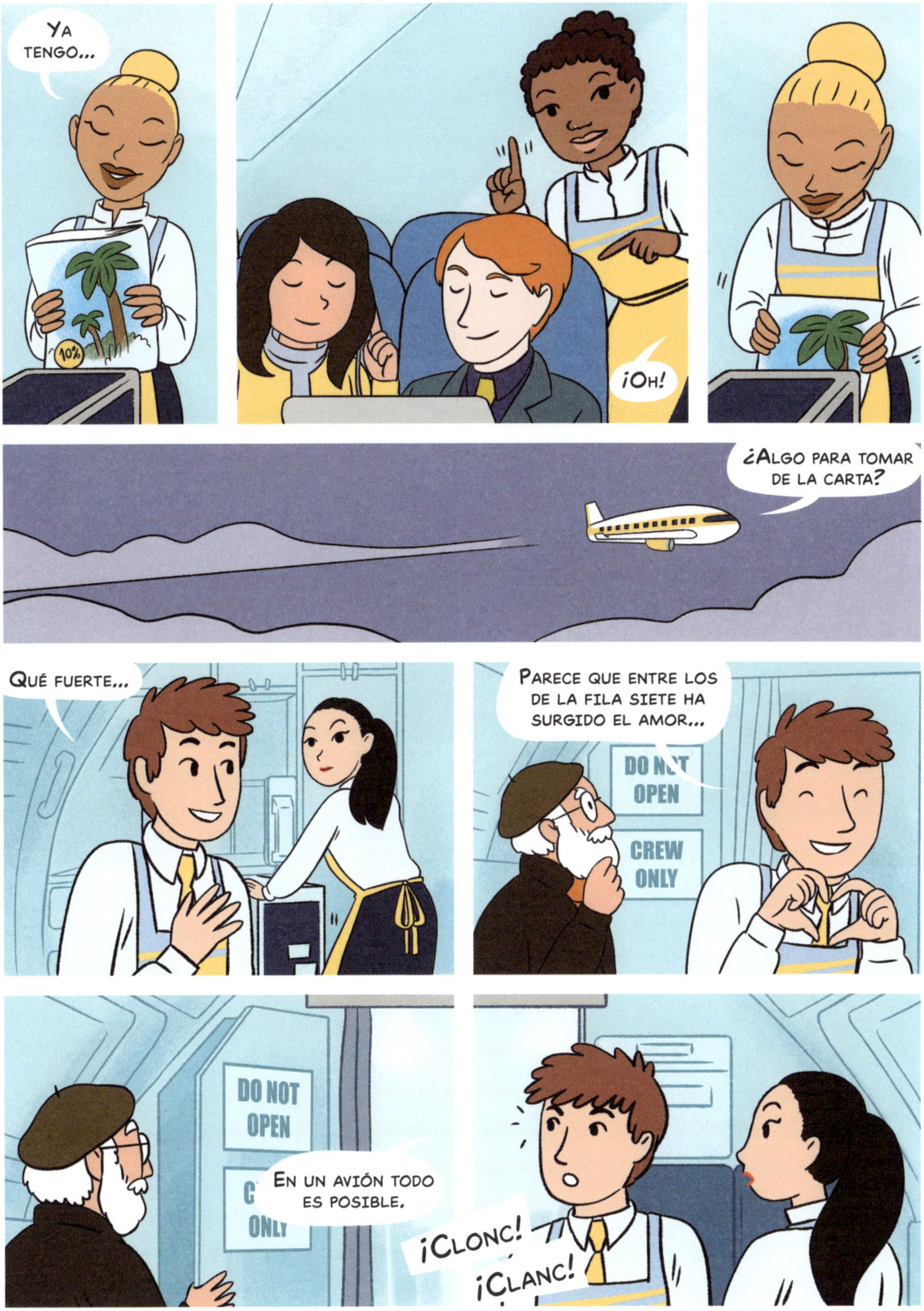
YA TENGO...
10%
¡OH!
¿ALGO PARA TOMAR DE LA CARTA?
QUÉ FUERTE...
PARECE QUE ENTRE LOS DE LA FILA SIETE HA SURGIDO EL AMOR...
DO NOT OPEN
CREW ONLY
DO NOT OPEN
EN UN AVIÓN TODO ES POSIBLE.
¡CLONC!
¡CLANC!

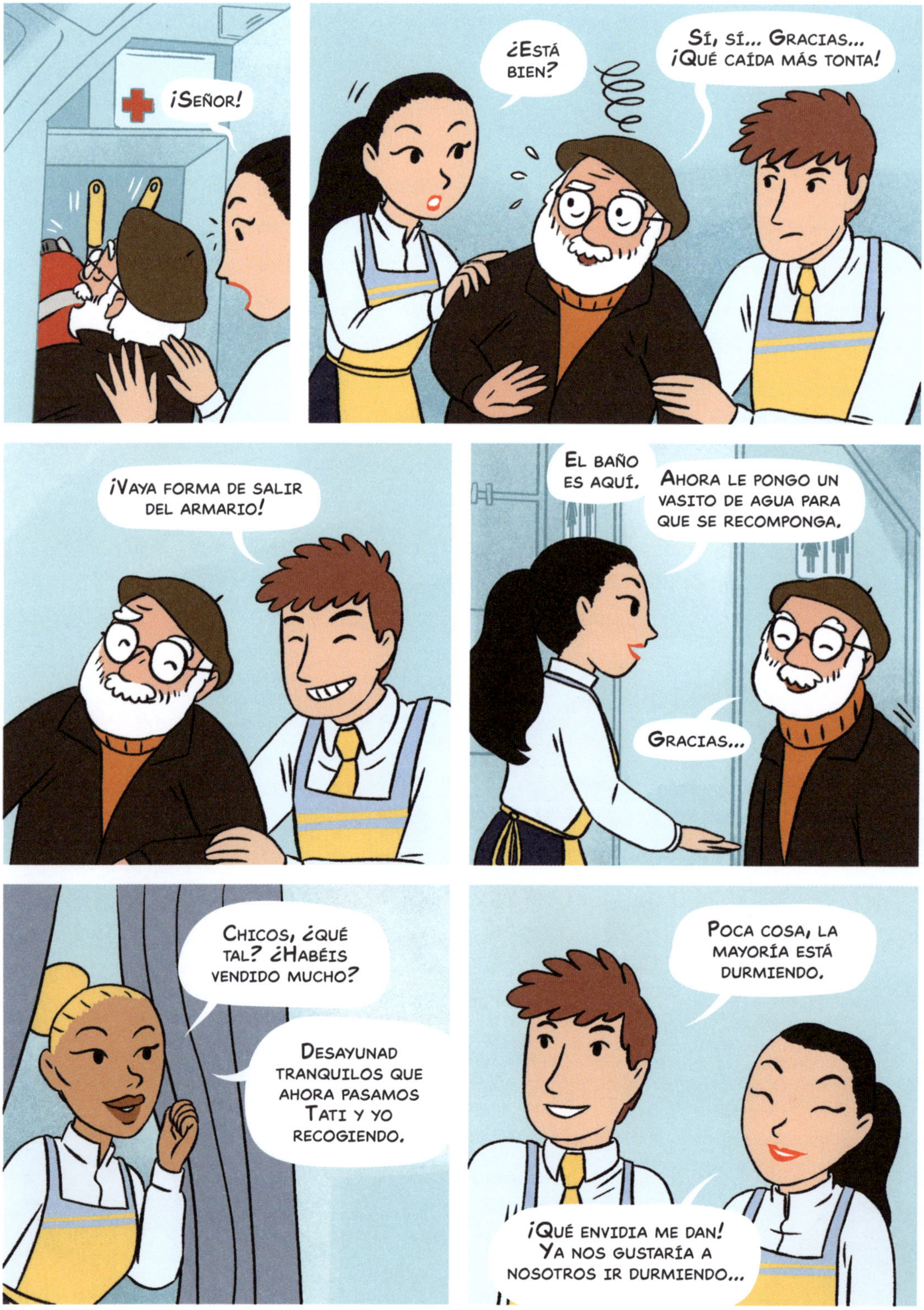
¡Señor!
¿Está bien?
Sí, sí... Gracias... ¡Qué caída más tonta!
¡Vaya forma de salir del armario!
El baño es aquí.
Ahora le pongo un vasito de agua para que se recomponga.
Gracias...
Chicos, ¿qué tal? ¿Habéis vendido mucho?
Desayunad tranquilos que ahora pasamos Tati y yo recogiendo.
Poca cosa, la mayoría está durmiendo.
¡Qué envidia me dan! Ya nos gustaría a nosotros ir durmiendo...

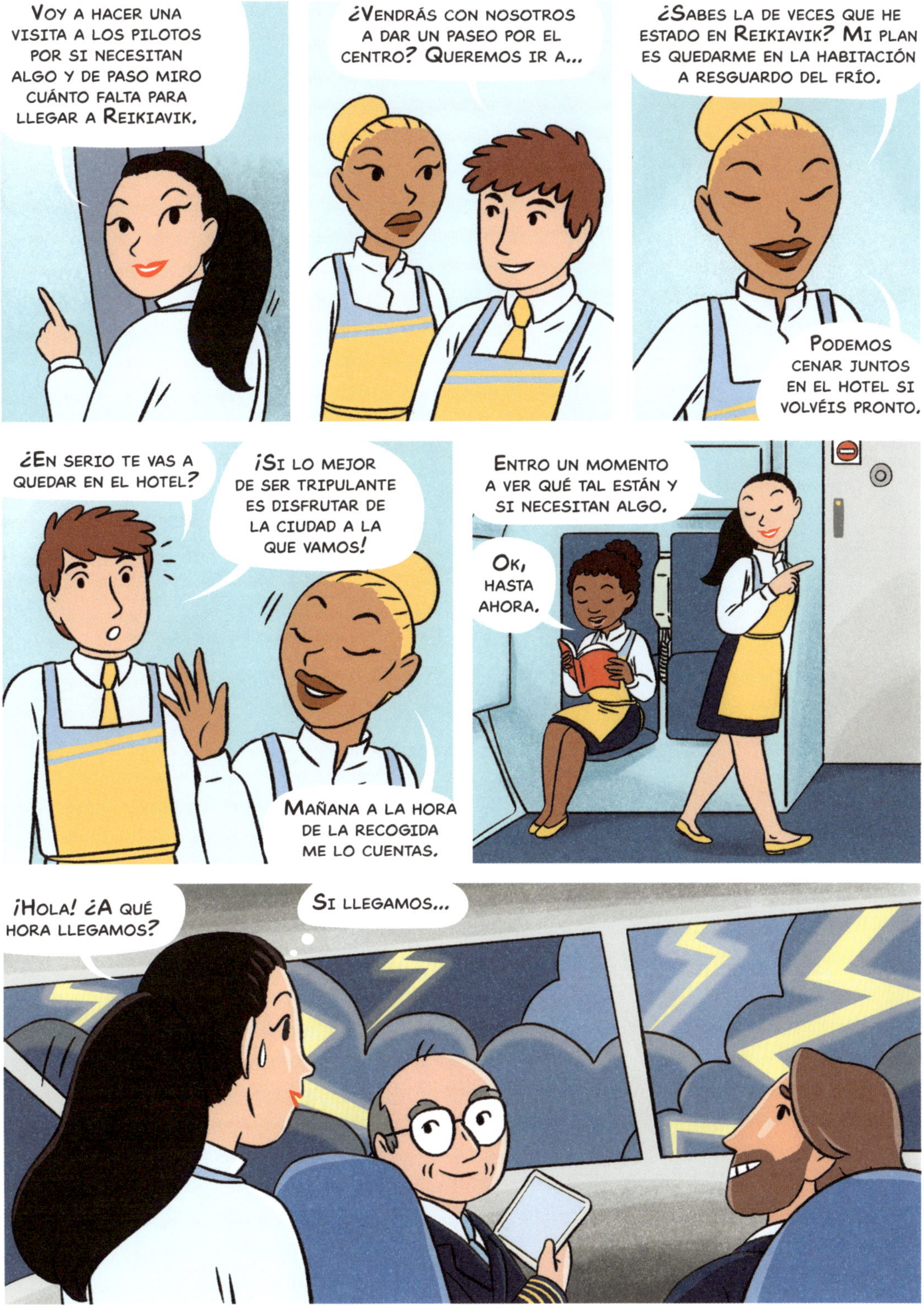

Voy a hacer una visita a los pilotos por si necesitan algo y de paso miro cuánto falta para llegar a Reikiavik.
¿Vendrás con nosotros a dar un paseo por el centro? Queremos ir a...
¿Sabes la de veces que he estado en Reikiavik? Mi plan es quedarme en la habitación a resguardo del frío.
Podemos cenar juntos en el hotel si volvéis pronto.
¿En serio te vas a quedar en el hotel?
¡Si lo mejor de ser tripulante es disfrutar de la ciudad a la que vamos!
Mañana a la hora de la recogida me lo cuentas.
Entro un momento a ver qué tal están y si necesitan algo.
Ok, hasta ahora.
¡Hola! ¿A qué hora llegamos?
Si llegamos...

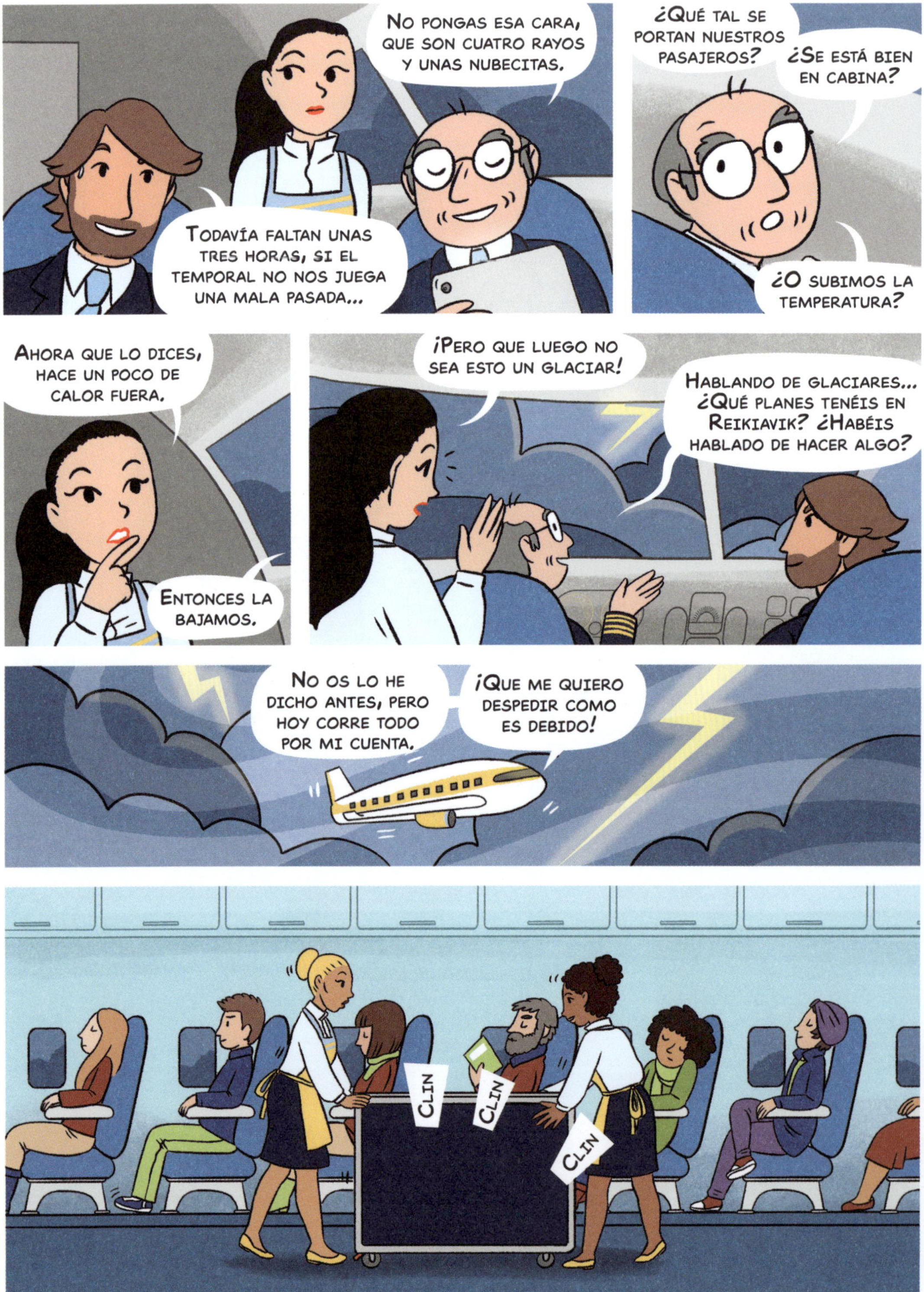
No pongas esa cara, que son cuatro rayos y unas nubecitas.
Todavía faltan unas tres horas, si el temporal no nos juega una mala pasada...
¿Qué tal se portan nuestros pasajeros?
¿Se está bien en cabina?
¿O subimos la temperatura?
Ahora que lo dices, hace un poco de calor fuera.
Entonces la bajamos.
¡Pero que luego no sea esto un glaciar!
Hablando de glaciares... ¿Qué planes tenéis en Reikiavik? ¿Habéis hablado de hacer algo?
No os lo he dicho antes, pero hoy corre todo por mi cuenta.
¡Que me quiero despedir como es debido!
Clin
Clin
Clin

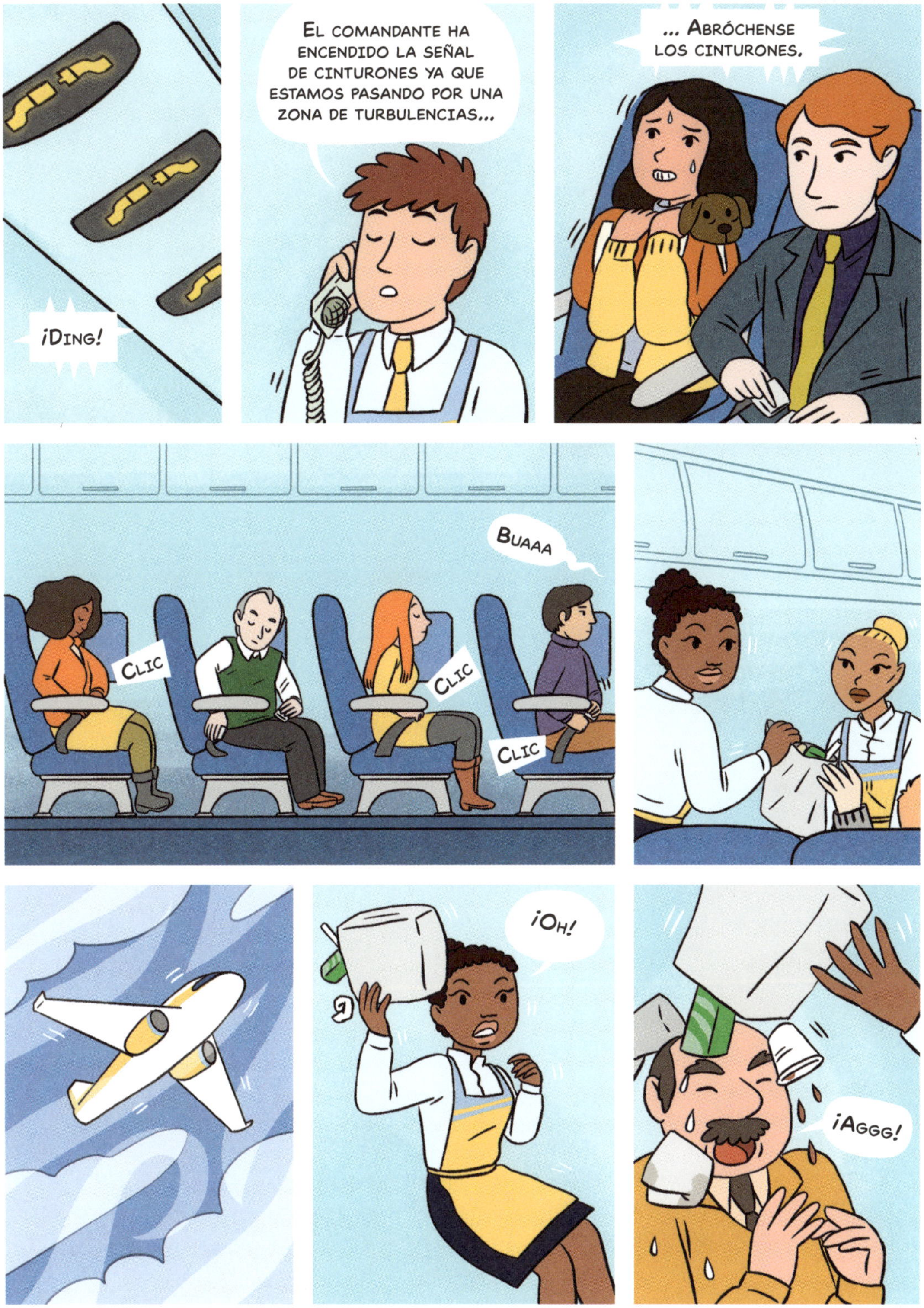
¡DING!
EL COMANDANTE HA ENCENDIDO LA SEÑAL DE CINTURONES YA QUE ESTAMOS PASANDO POR UNA ZONA DE TURBULENCIAS...
... ABRÓCHENSE LOS CINTURONES.
BUAAA
CLIC
CLIC
CLIC
¡OH!
¡AGGG!

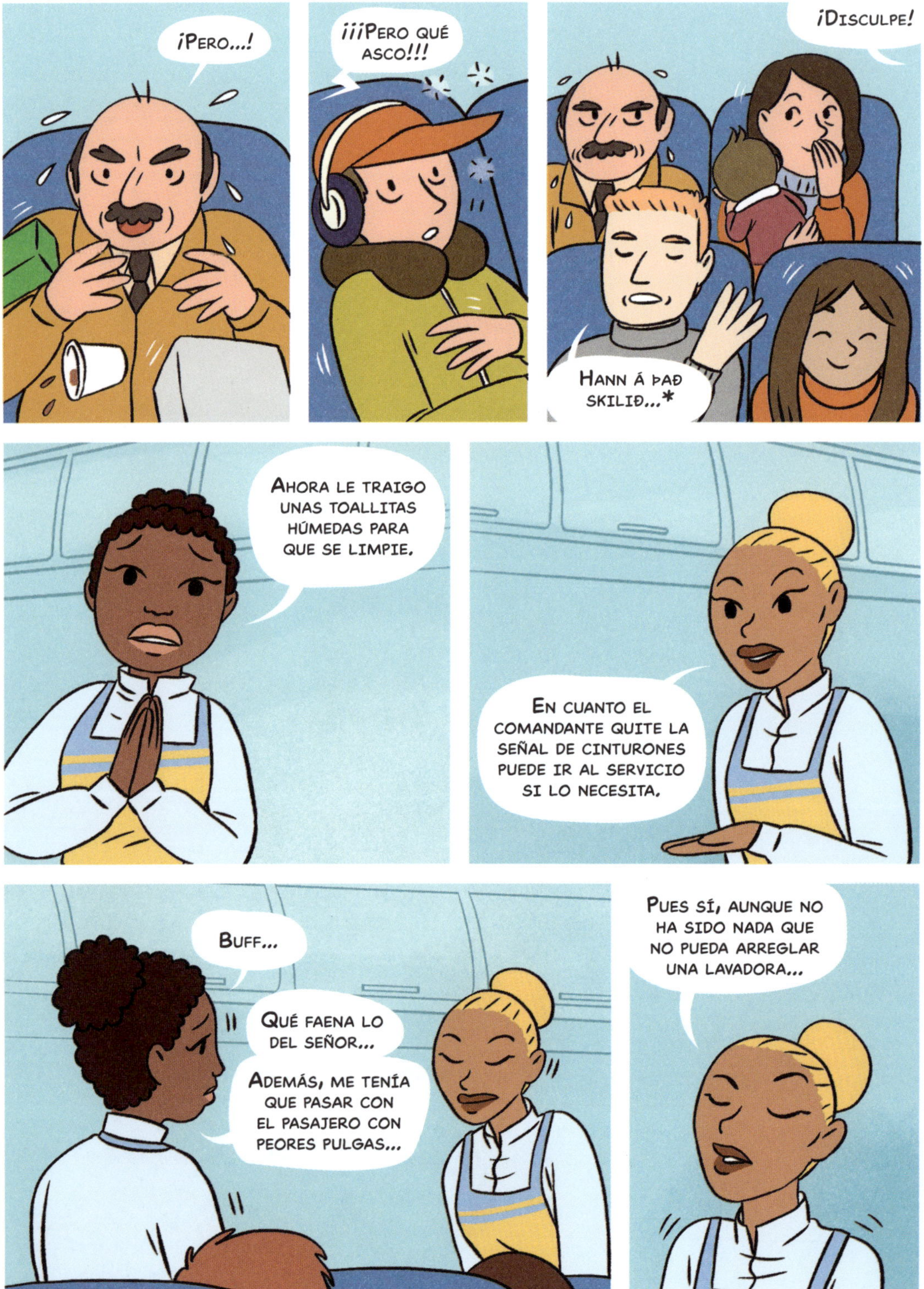
¡Pero...!
¡¡¡Pero qué asco!!!
¡Disculpe!
Hann á það skilið...*
Ahora le traigo unas toallitas húmedas para que se limpie.
En cuanto el comandante quite la señal de cinturones puede ir al servicio si lo necesita.
Buff...
Qué faena lo del señor...
Además, me tenía que pasar con el pasajero con peores pulgas...
Pues sí, aunque no ha sido nada que no pueda arreglar una lavadora...

* Se lo merece...

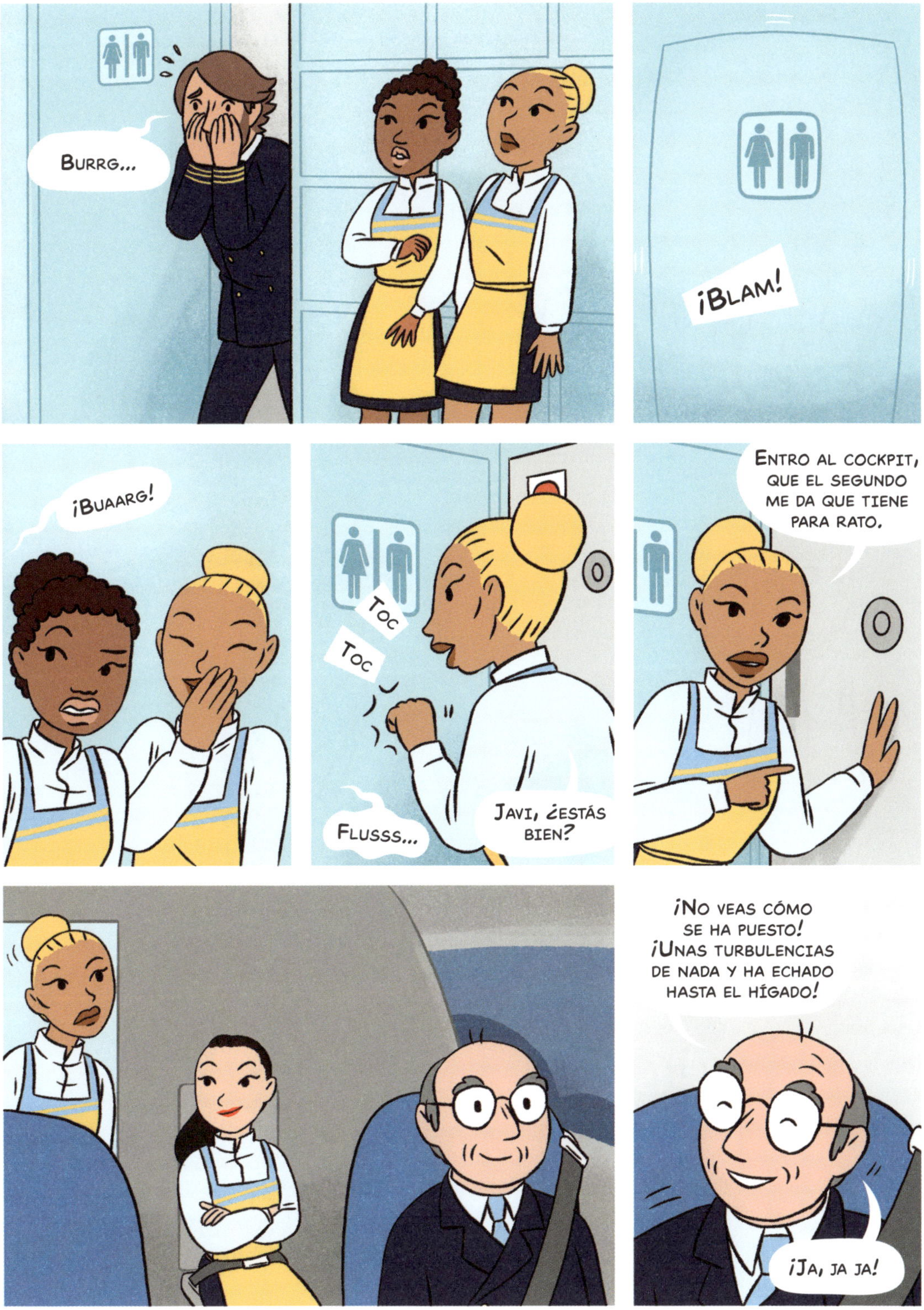
Burrg...
¡Blam!
¡Buaarg!
Toc
Toc
Flusss...
Javi, ¿estás bien?
Entro al cockpit, que el segundo me da que tiene para rato.
¡No veas cómo se ha puesto! ¡Unas turbulencias de nada y ha echado hasta el hígado!
¡Ja, ja ja!

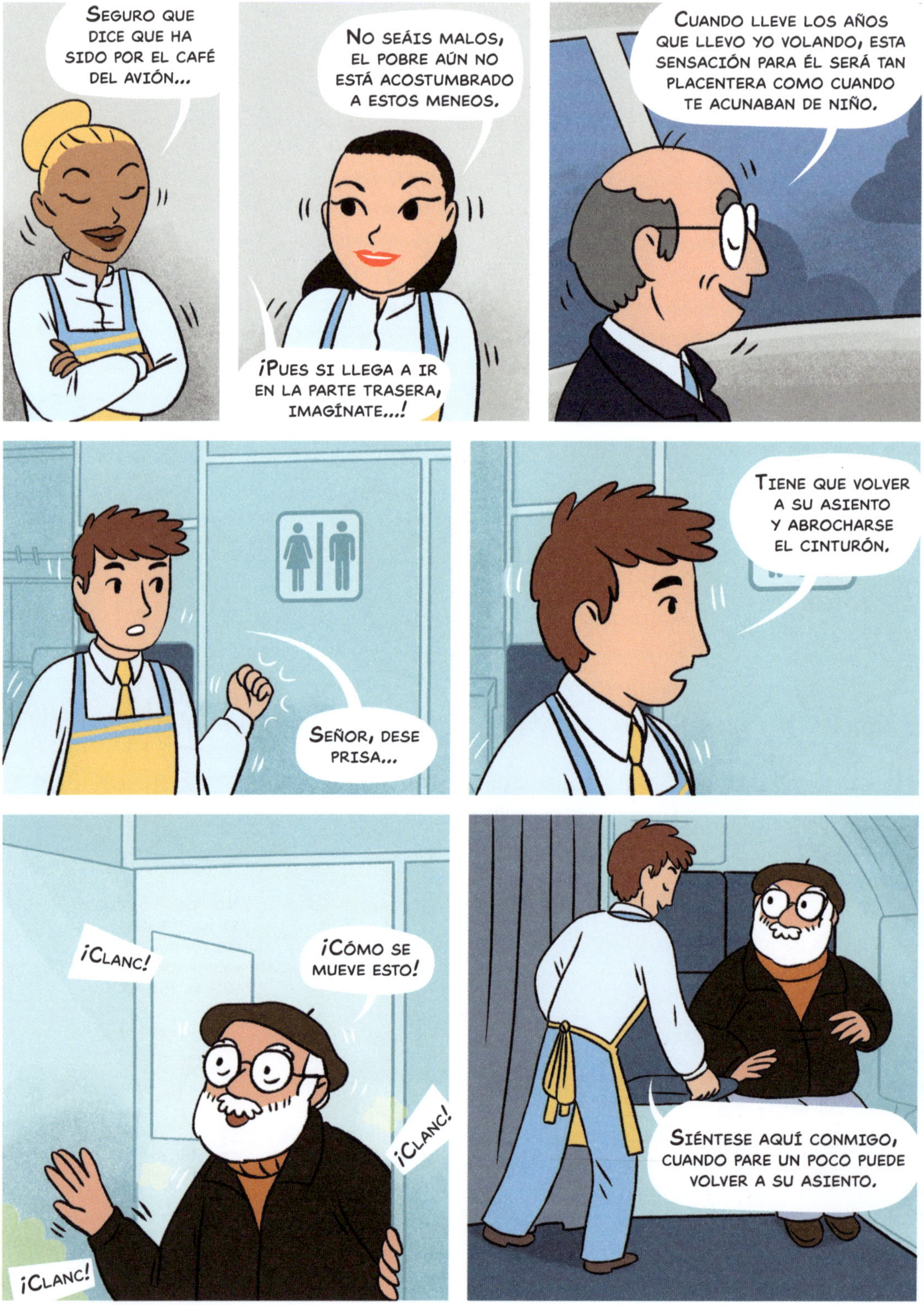
SEGURO QUE DICE QUE HA SIDO POR EL CAFÉ DEL AVIÓN...
NO SEÁIS MALOS, EL POBRE AÚN NO ESTÁ ACOSTUMBRADO A ESTOS MENEOS.
¡PUES SI LLEGA A IR EN LA PARTE TRASERA, IMAGÍNATE...!
CUANDO LLEVE LOS AÑOS QUE LLEVO YO VOLANDO, ESTA SENSACIÓN PARA ÉL SERÁ TAN PLACENTERA COMO CUANDO TE ACUNABAN DE NIÑO.
SEÑOR, DESE PRISA...
TIENE QUE VOLVER A SU ASIENTO Y ABROCHARSE EL CINTURÓN.
¡CLANC!
¡CÓMO SE MUEVE ESTO!
¡CLANC!
¡CLANC!
SIÉNTESE AQUÍ CONMIGO, CUANDO PARE UN POCO PUEDE VOLVER A SU ASIENTO.

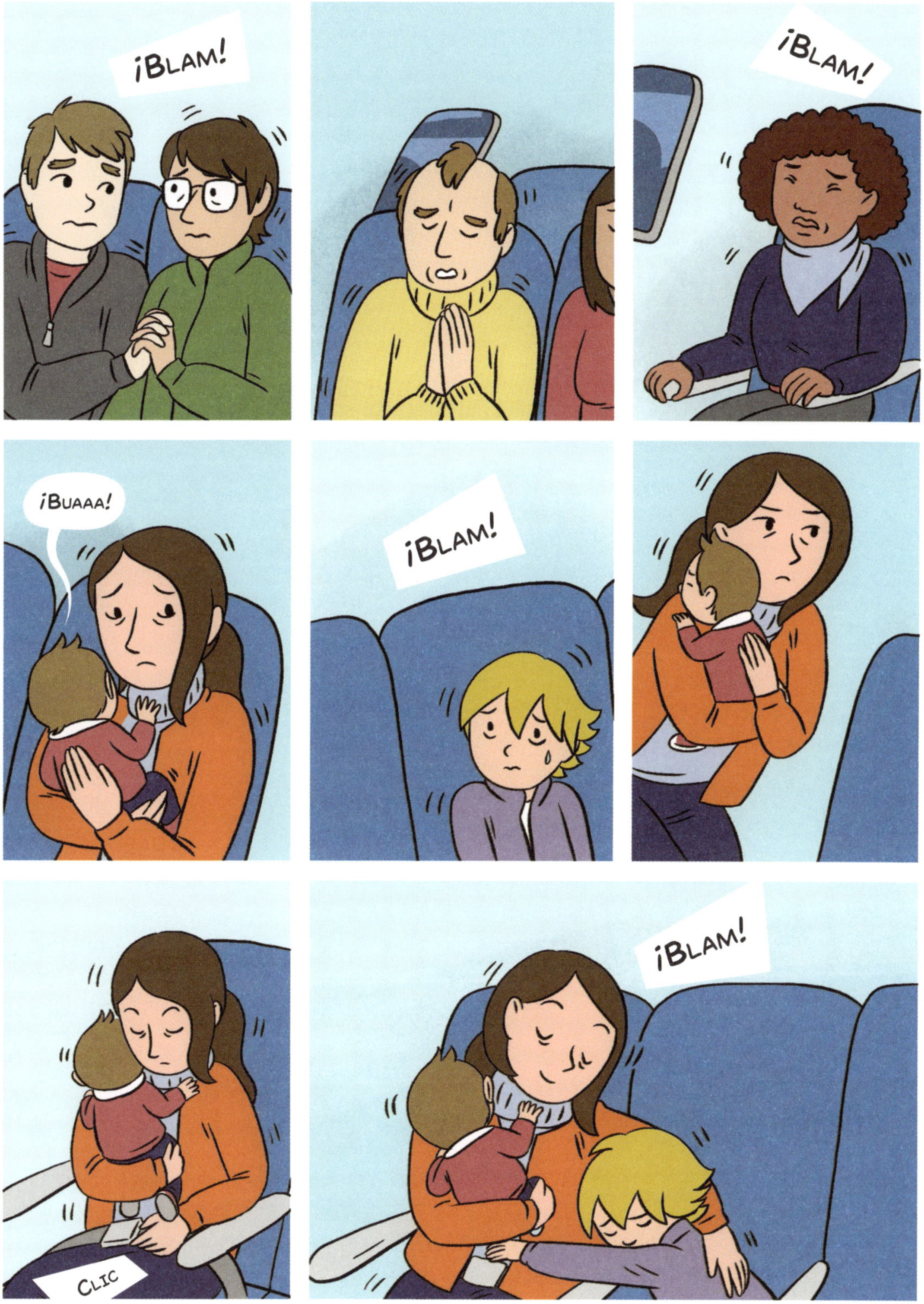
¡BLAM!
¡BLAM!
¡BUAAA!
¡BLAM!
CLIC
¡BLAM!

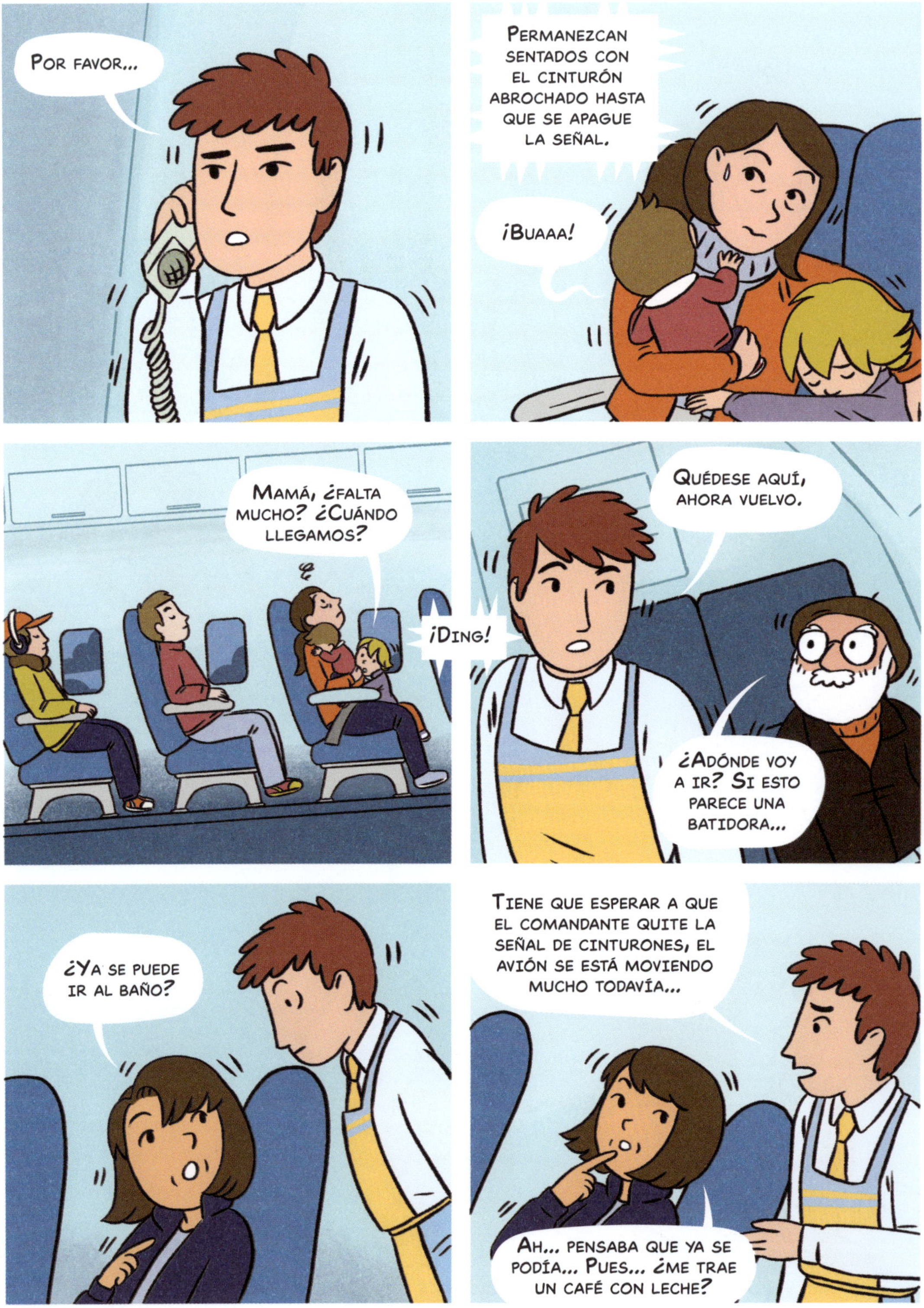
Por favor...
Permanezcan sentados con el cinturón abrochado hasta que se apague la señal.
¡Buaaa!
Mamá, ¿falta mucho? ¿Cuándo llegamos?
¡Ding!
Quédese aquí, ahora vuelvo.
¿Adónde voy a ir? Si esto parece una batidora...
¿Ya se puede ir al baño?
Tiene que esperar a que el comandante quite la señal de cinturones, el avión se está moviendo mucho todavía...
Ah... pensaba que ya se podía... Pues... ¿me trae un café con leche?

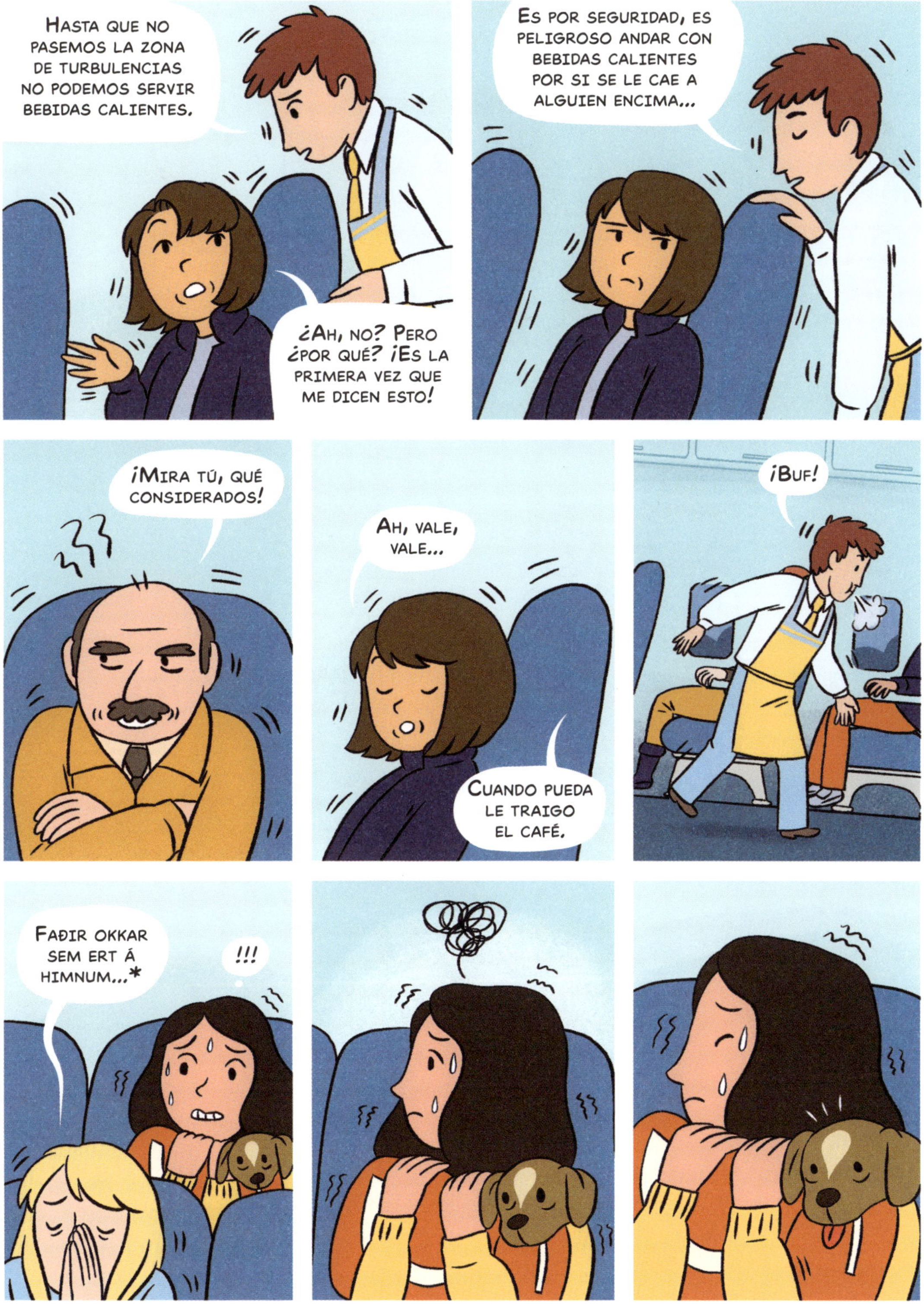
HASTA QUE NO PASEMOS LA ZONA DE TURBULENCIAS NO PODEMOS SERVIR BEBIDAS CALIENTES.
¿AH, NO? PERO ¿POR QUÉ? ¡ES LA PRIMERA VEZ QUE ME DICEN ESTO!
ES POR SEGURIDAD, ES PELIGROSO ANDAR CON BEBIDAS CALIENTES POR SI SE LE CAE A ALGUIEN ENCIMA...
¡MIRA TÚ, QUÉ CONSIDERADOS!
AH, VALE, VALE...
CUANDO PUEDA LE TRAIGO EL CAFÉ.
¡BUF!
FAÐIR OKKAR SEM ERT Á HIMNUM...*
!!!

* PADRE NUESTRO, QUE ESTÁS EN LOS CIELOS...

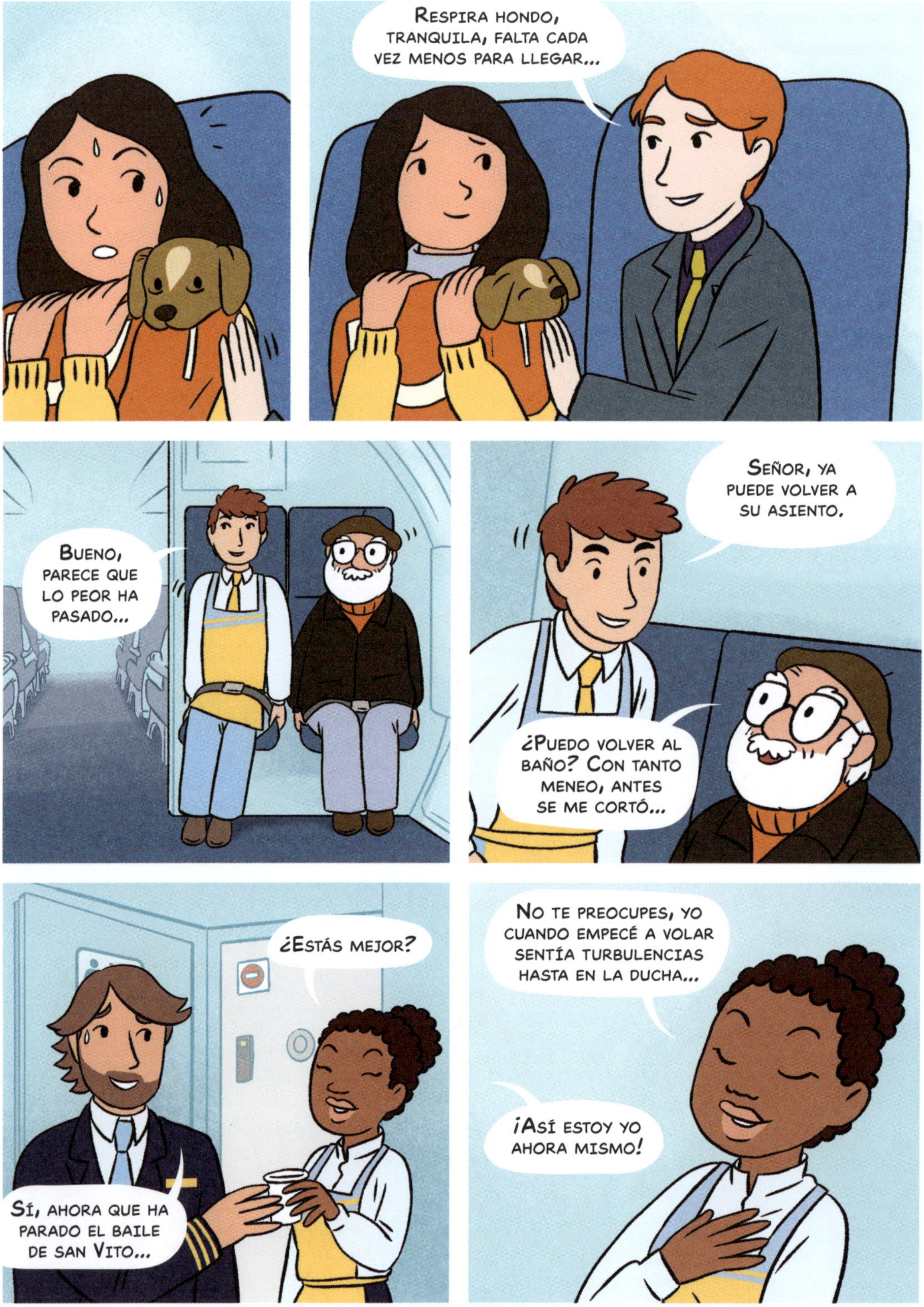
Respira hondo, tranquila, falta cada vez menos para llegar...
Bueno, parece que lo peor ha pasado...
Señor, ya puede volver a su asiento.
¿Puedo volver al baño? Con tanto meneo, antes se me cortó...
¿Estás mejor?
Sí, ahora que ha parado el baile de san Vito...
No te preocupes, yo cuando empecé a volar sentía turbulencias hasta en la ducha...
¡Así estoy yo ahora mismo!

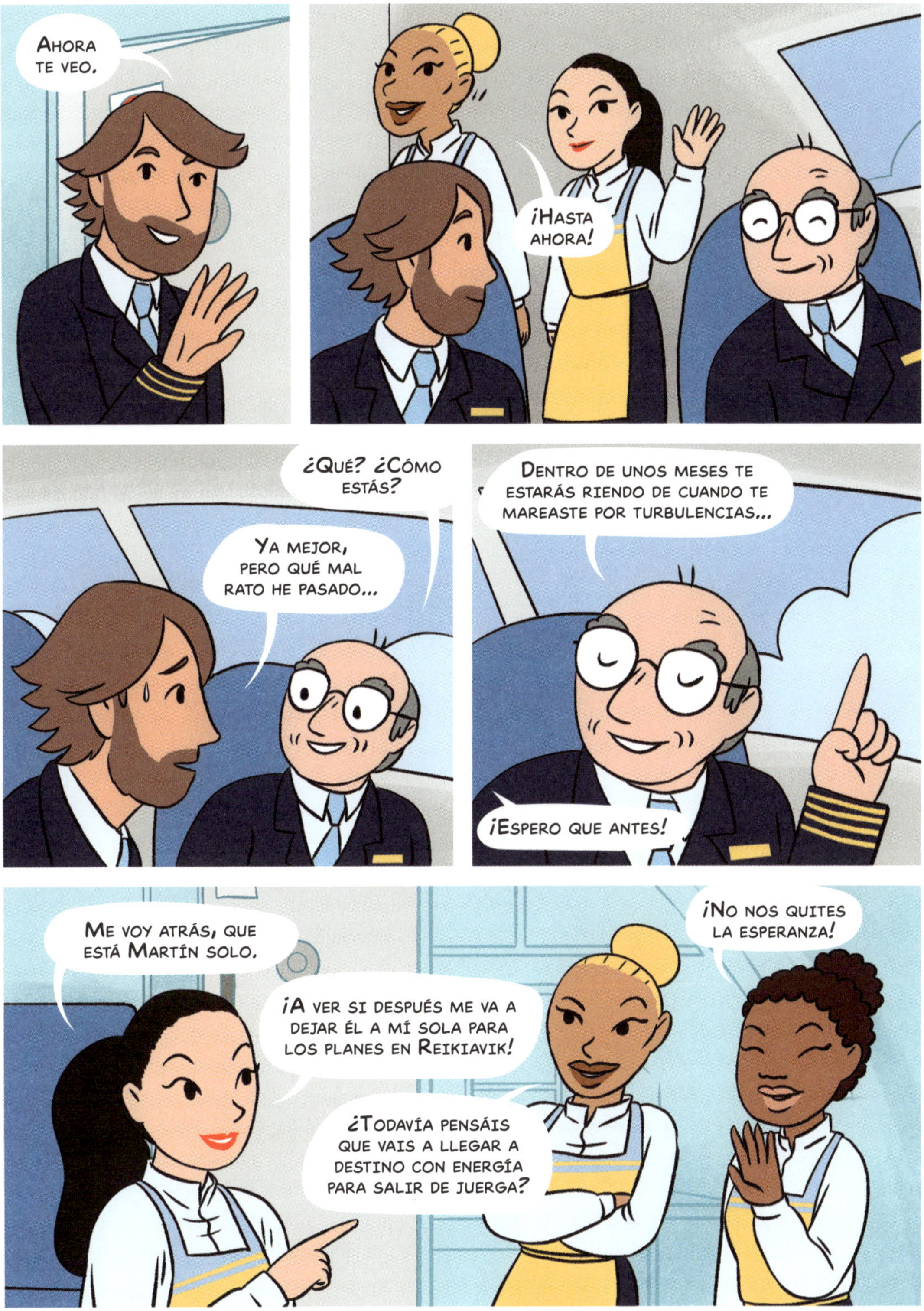
Ahora te veo.
¡Hasta ahora!
¿Qué? ¿Cómo estás?
Ya mejor, pero qué mal rato he pasado...
Dentro de unos meses te estarás riendo de cuando te mareaste por turbulencias...
¡Espero que antes!
Me voy atrás, que está Martín solo.
¡A ver si después me va a dejar él a mí sola para los planes en Reikiavik!
¿Todavía pensáis que vais a llegar a destino con energía para salir de juerga?
¡No nos quites la esperanza!

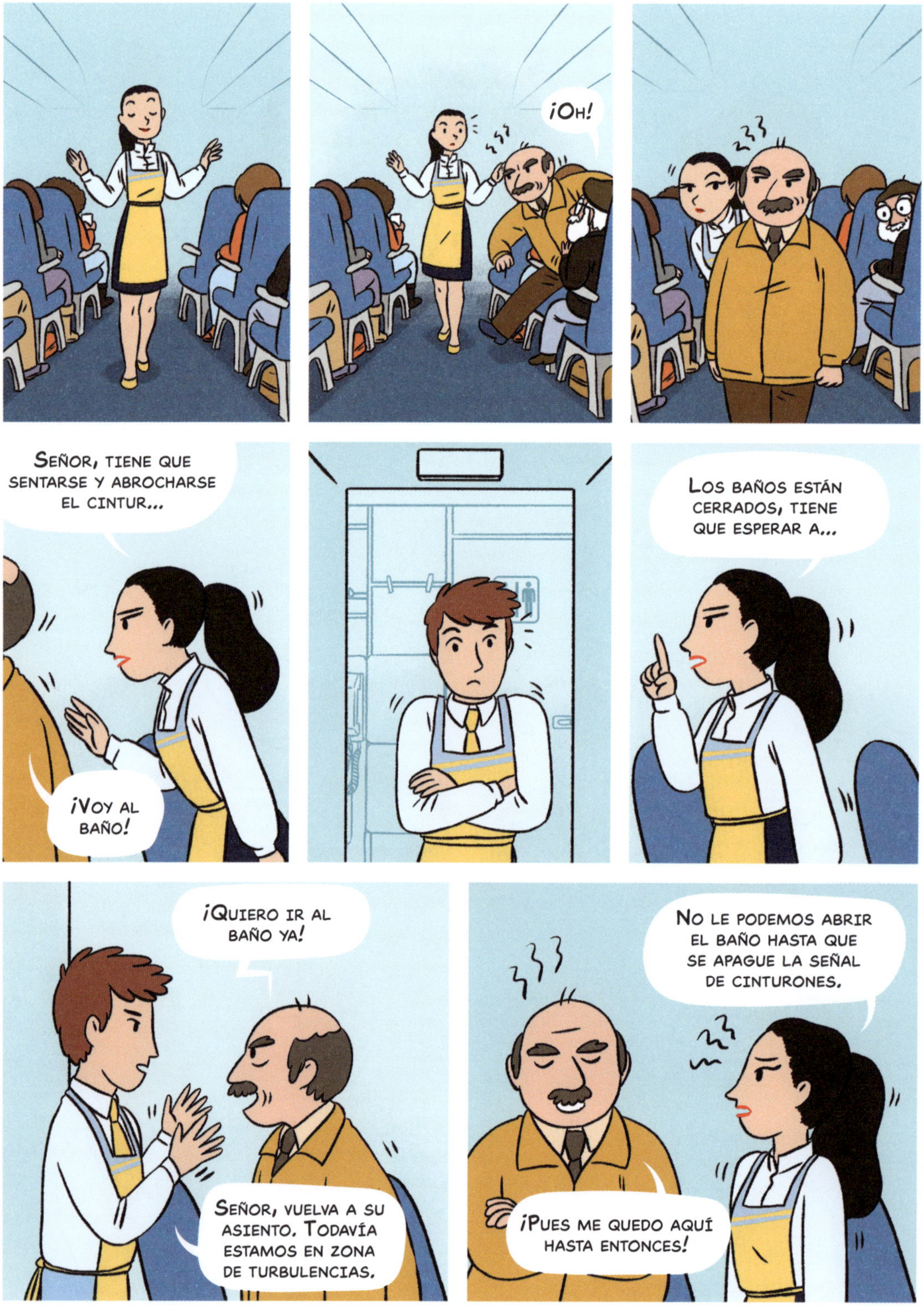
¡Oh!
Señor, tiene que sentarse y abrocharse el cintur...
¡Voy al baño!
Los baños están cerrados, tiene que esperar a...
¡Quiero ir al baño ya!
Señor, vuelva a su asiento. Todavía estamos en zona de turbulencias.
No le podemos abrir el baño hasta que se apague la señal de cinturones.
¡Pues me quedo aquí hasta entonces!

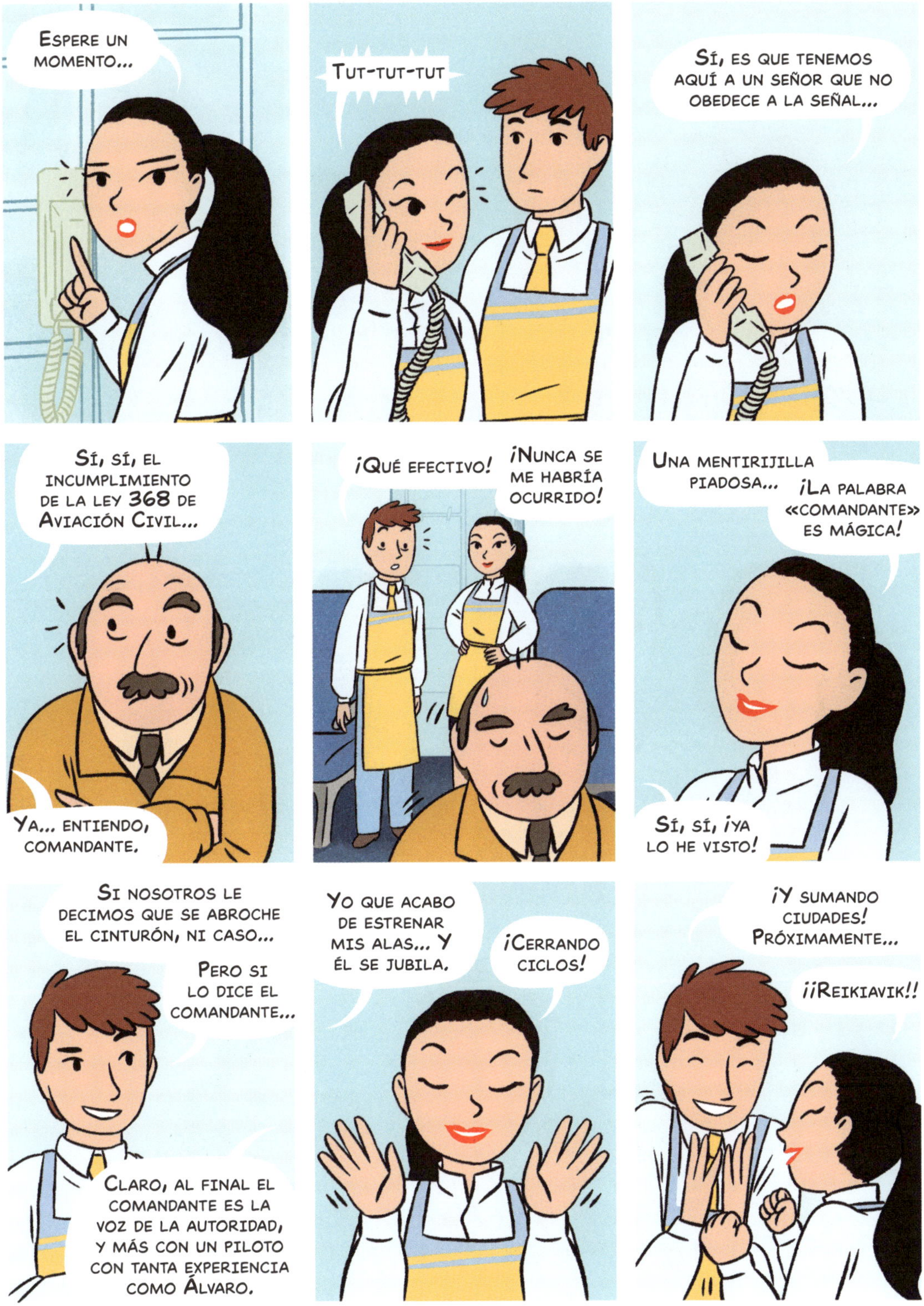
Espere un momento...
Tut-tut-tut
Sí, es que tenemos aquí a un señor que no obedece a la señal...
Sí, sí, el incumplimiento de la ley 368 de Aviación Civil...
Ya... entiendo, comandante.
¡Qué efectivo!
¡Nunca se me habría ocurrido!
Una mentirijilla piadosa...
¡La palabra «comandante» es mágica!
Sí, sí, ¡ya lo he visto!
Si nosotros le decimos que se abroche el cinturón, ni caso...
Pero si lo dice el comandante...
Claro, al final el comandante es la voz de la autoridad, y más con un piloto con tanta experiencia como Álvaro.
Yo que acabo de estrenar mis alas... Y él se jubila.
¡Cerrando ciclos!
¡Y sumando ciudades! Próximamente...
¡¡Reikiavik!!

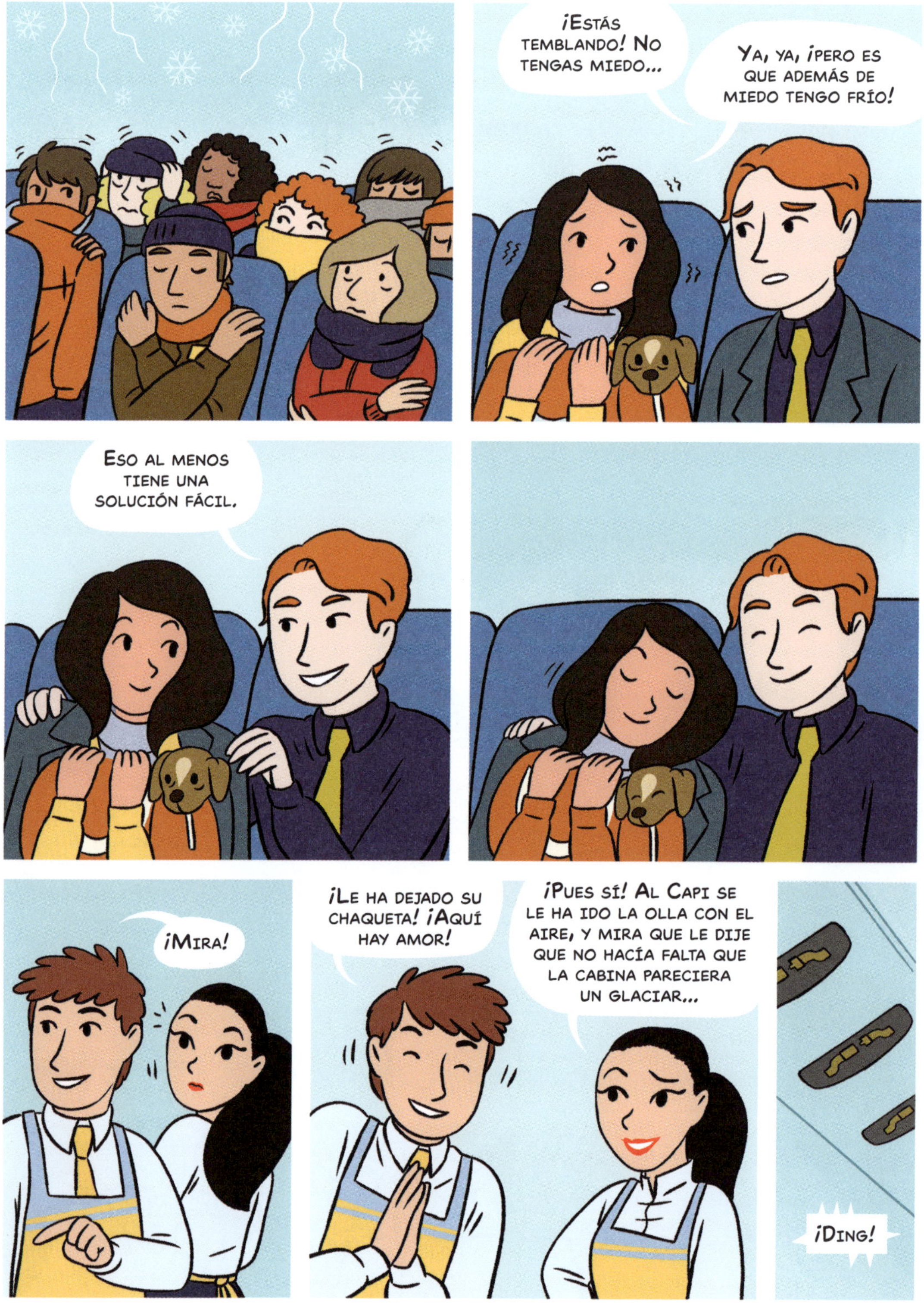
¡Estás temblando! No tengas miedo...
Ya, ya, ¡pero es que además de miedo tengo frío!
Eso al menos tiene una solución fácil.
¡Mira!
¡Le ha dejado su chaqueta! ¡Aquí hay amor!
¡Pues sí! Al Capi se le ha ido la olla con el aire, y mira que le dije que no hacía falta que la cabina pareciera un glaciar...
¡Ding!

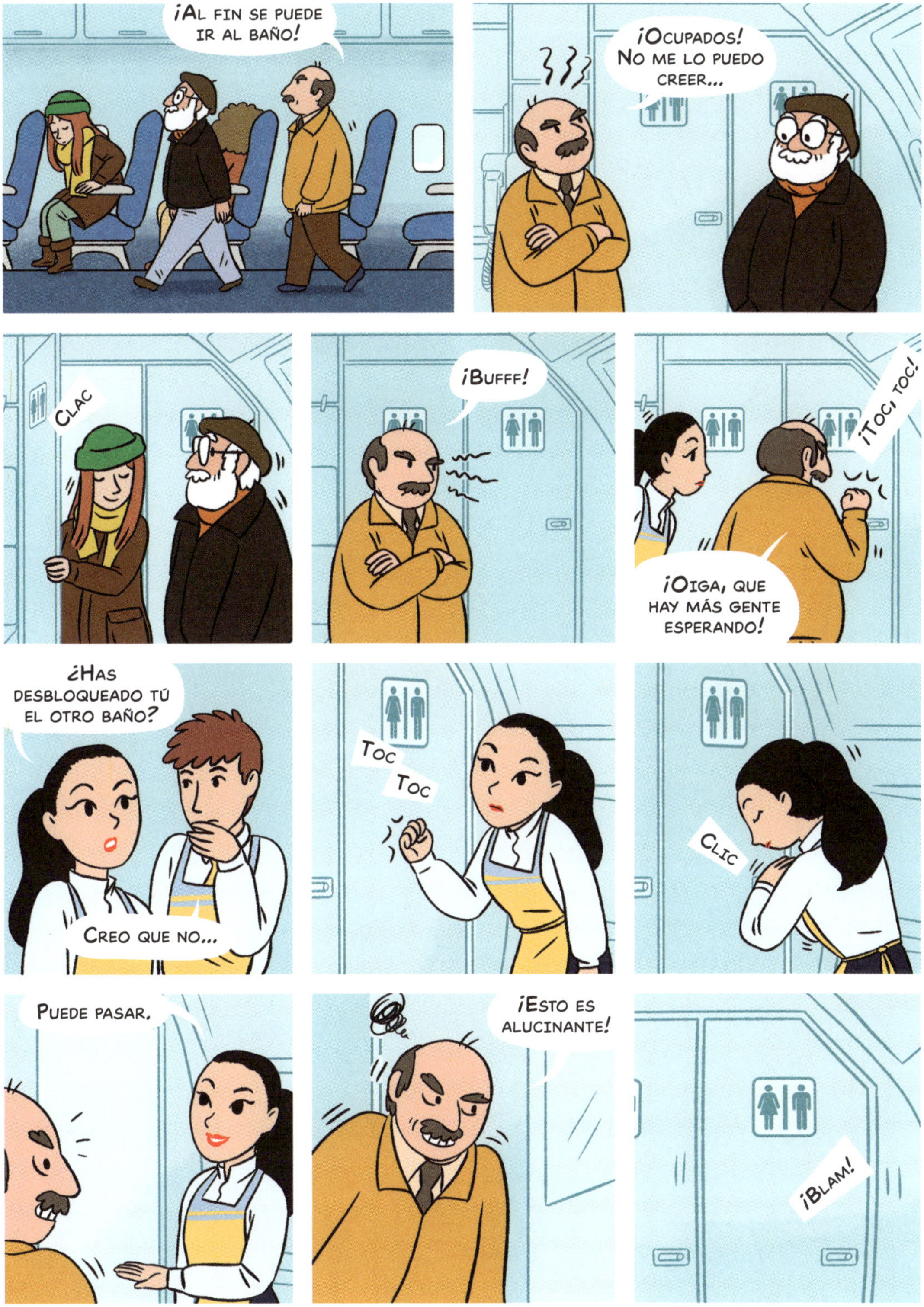
¡Al fin se puede ir al baño!
¡Ocupados! No me lo puedo creer...
Clac
¡Bufff!
¡Toc, toc!
¡Oiga, que hay más gente esperando!
¿Has desbloqueado tú el otro baño?
Creo que no...
Toc
Toc
Clic
Puede pasar.
¡Esto es alucinante!
¡Blam!

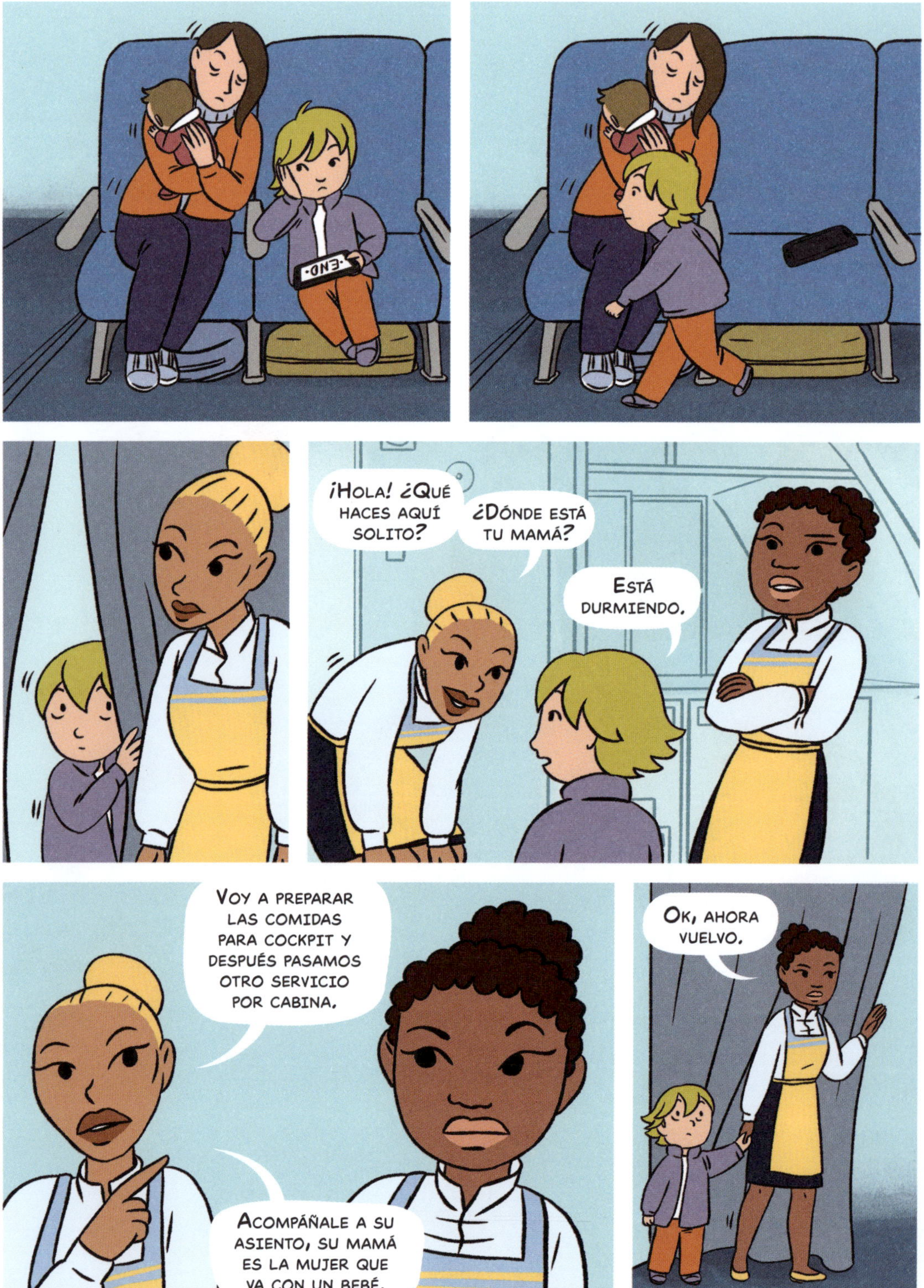
END
¡Hola! ¿Qué haces aquí solito?
¿Dónde está tu mamá?
Está durmiendo.
Voy a preparar las comidas para cockpit y después pasamos otro servicio por cabina.
Acompáñale a su asiento, su mamá es la mujer que va con un bebé.
Ok, ahora vuelvo.

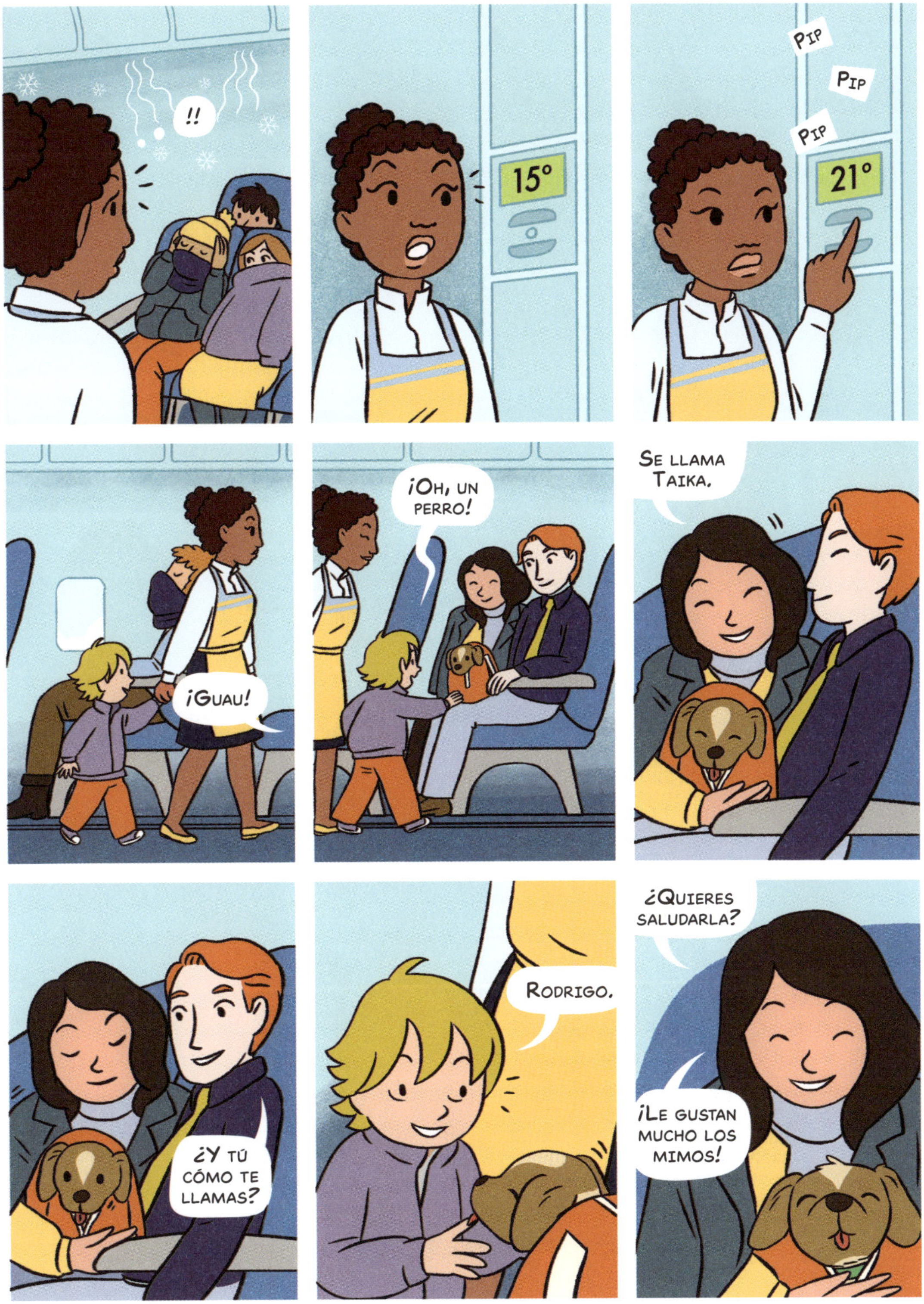
!!
15°
PIP
PIP
PIP
21°
¡GUAU!
¡OH, UN PERRO!
SE LLAMA TAIKA.
¿Y TÚ CÓMO TE LLAMAS?
RODRIGO.
¿QUIERES SALUDARLA?
¡LE GUSTAN MUCHO LOS MIMOS!

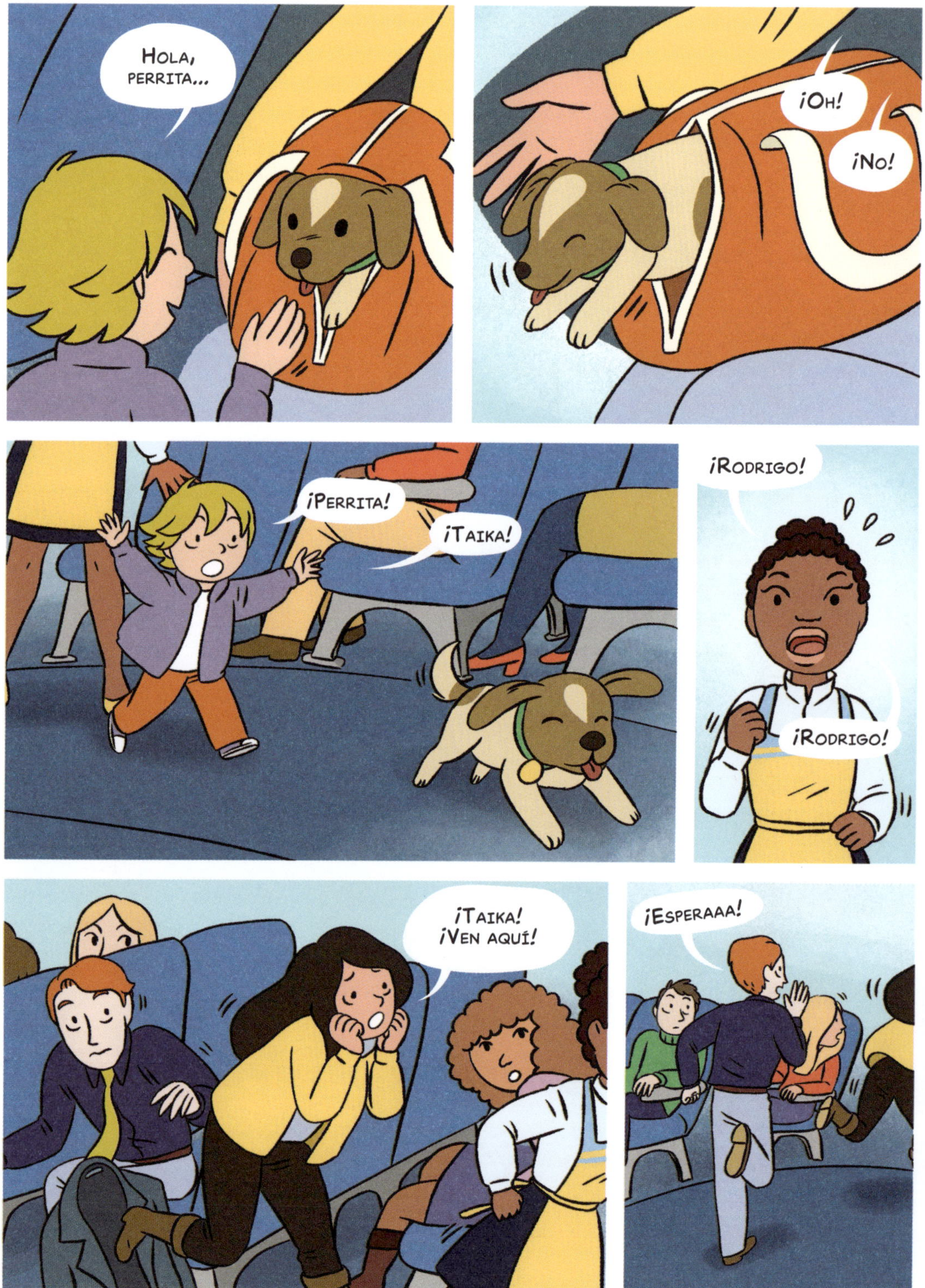
Hola, perrita...
¡Oh!
¡No!
¡Perrita!
¡Taika!
¡Rodrigo!
¡Rodrigo!
¡Taika! ¡Ven aquí!
¡Esperaaa!

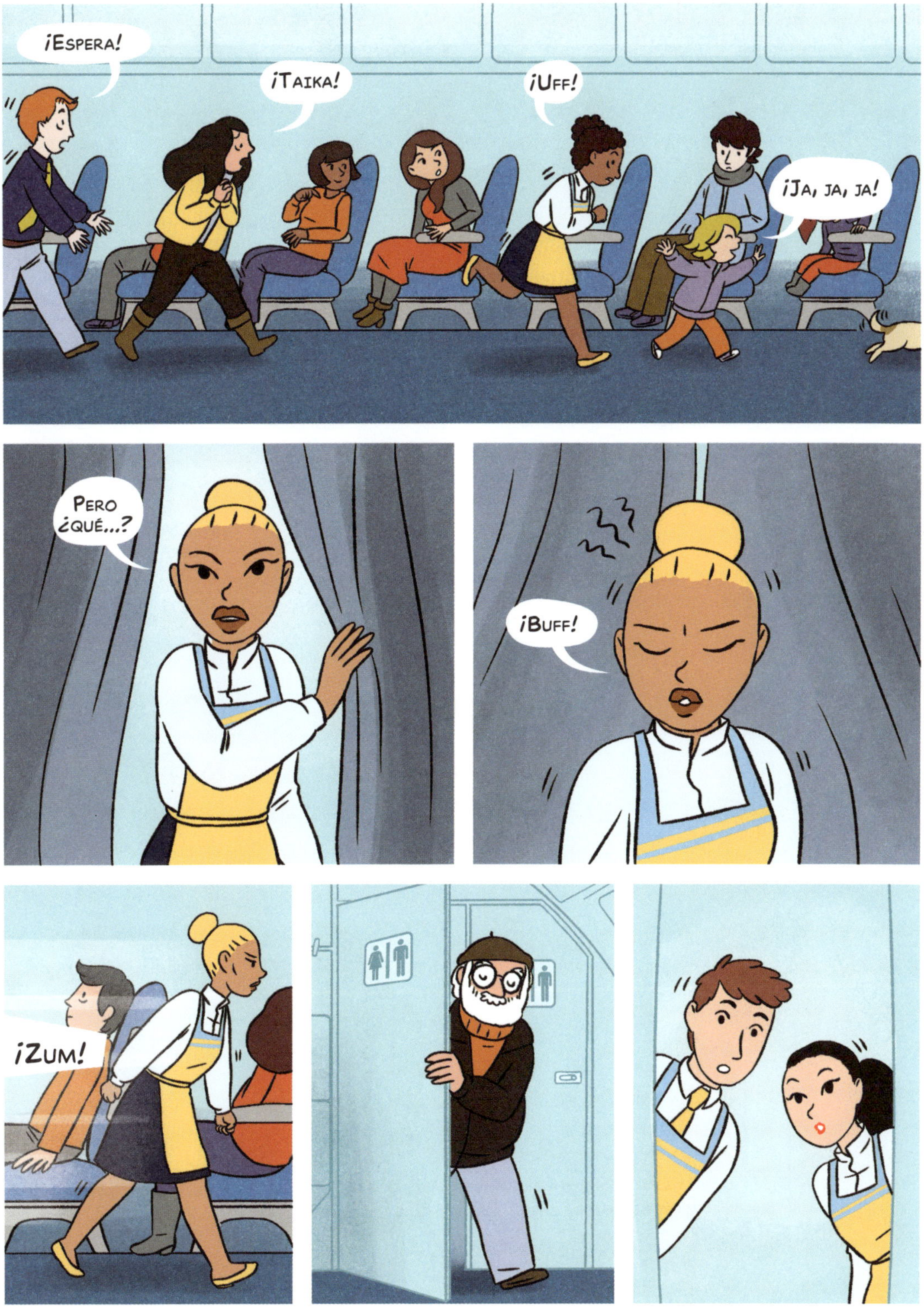
¡Espera!
¡Taika!
¡Uff!
¡Ja, ja, ja!
Pero ¿qué...?
¡Buff!
¡Zum!

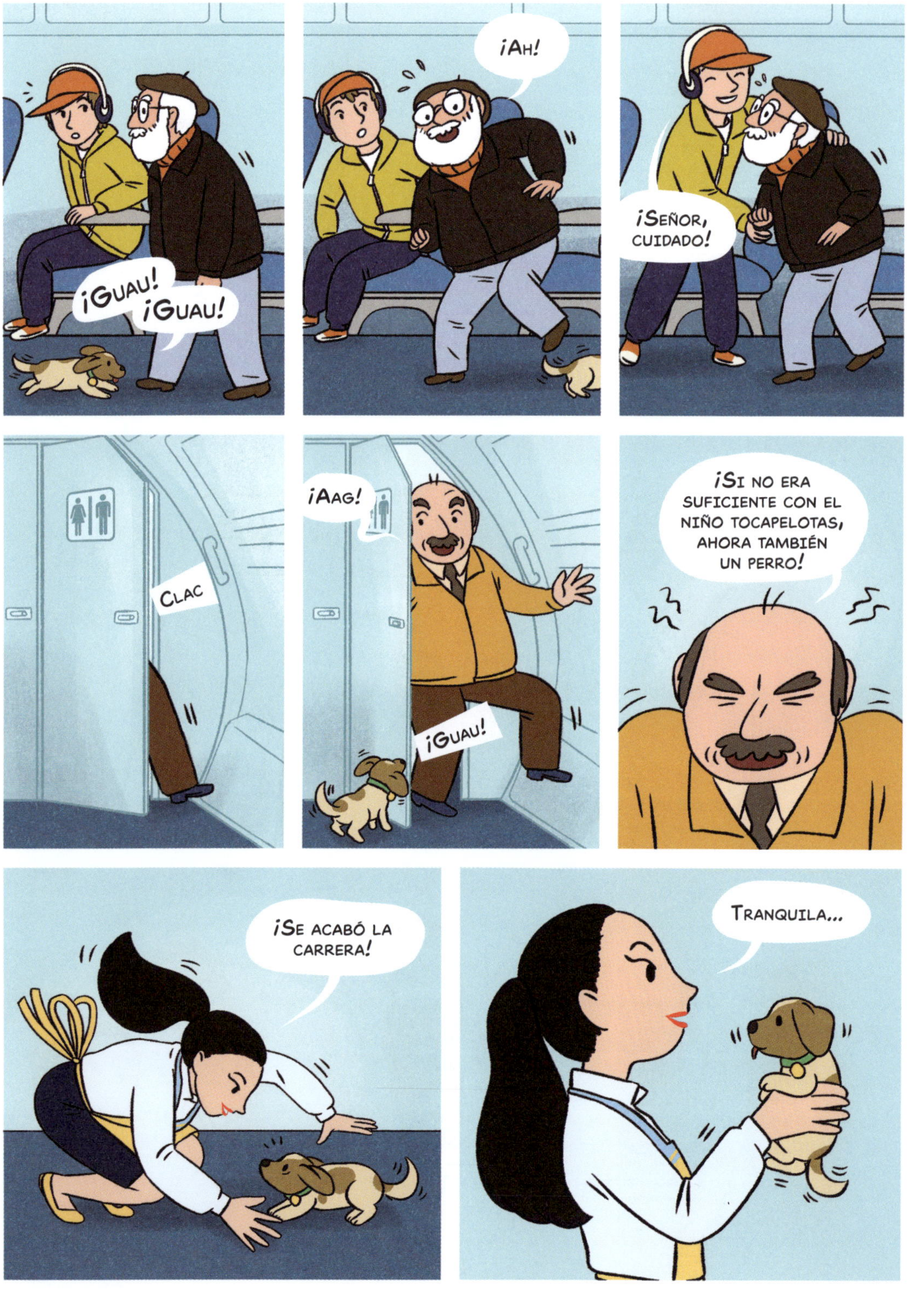
¡Guau!
¡Guau!
¡Ah!
¡Señor, cuidado!
Clac
¡Aag!
¡Guau!
¡Si no era suficiente con el niño tocapelotas, ahora también un perro!
¡Se acabó la carrera!
Tranquila...

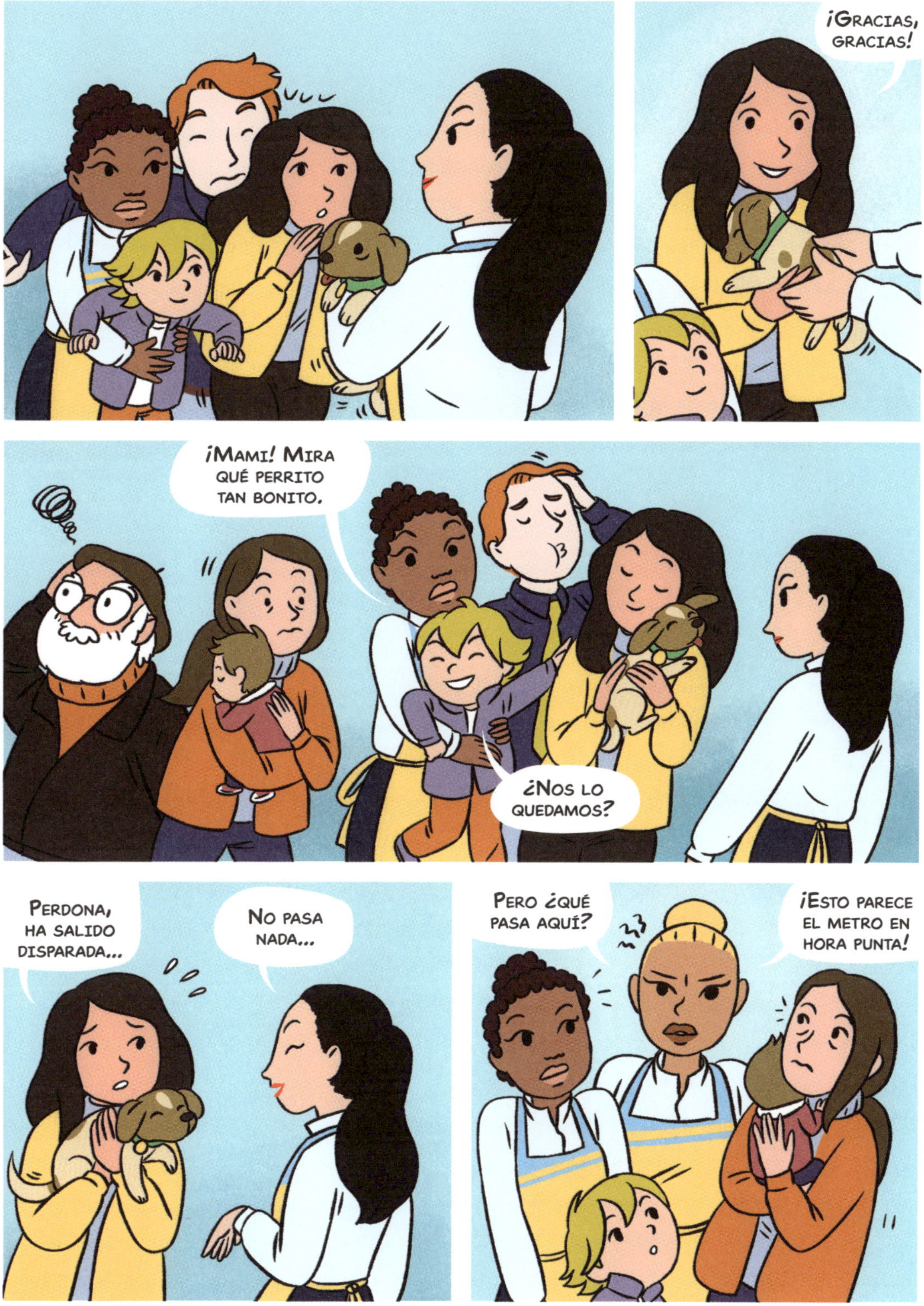
¡Gracias, gracias!
¡Mami! Mira qué perrito tan bonito.
¿Nos lo quedamos?
Perdona, ha salido disparada...
No pasa nada...
Pero ¿qué pasa aquí?
¡Esto parece el metro en hora punta!

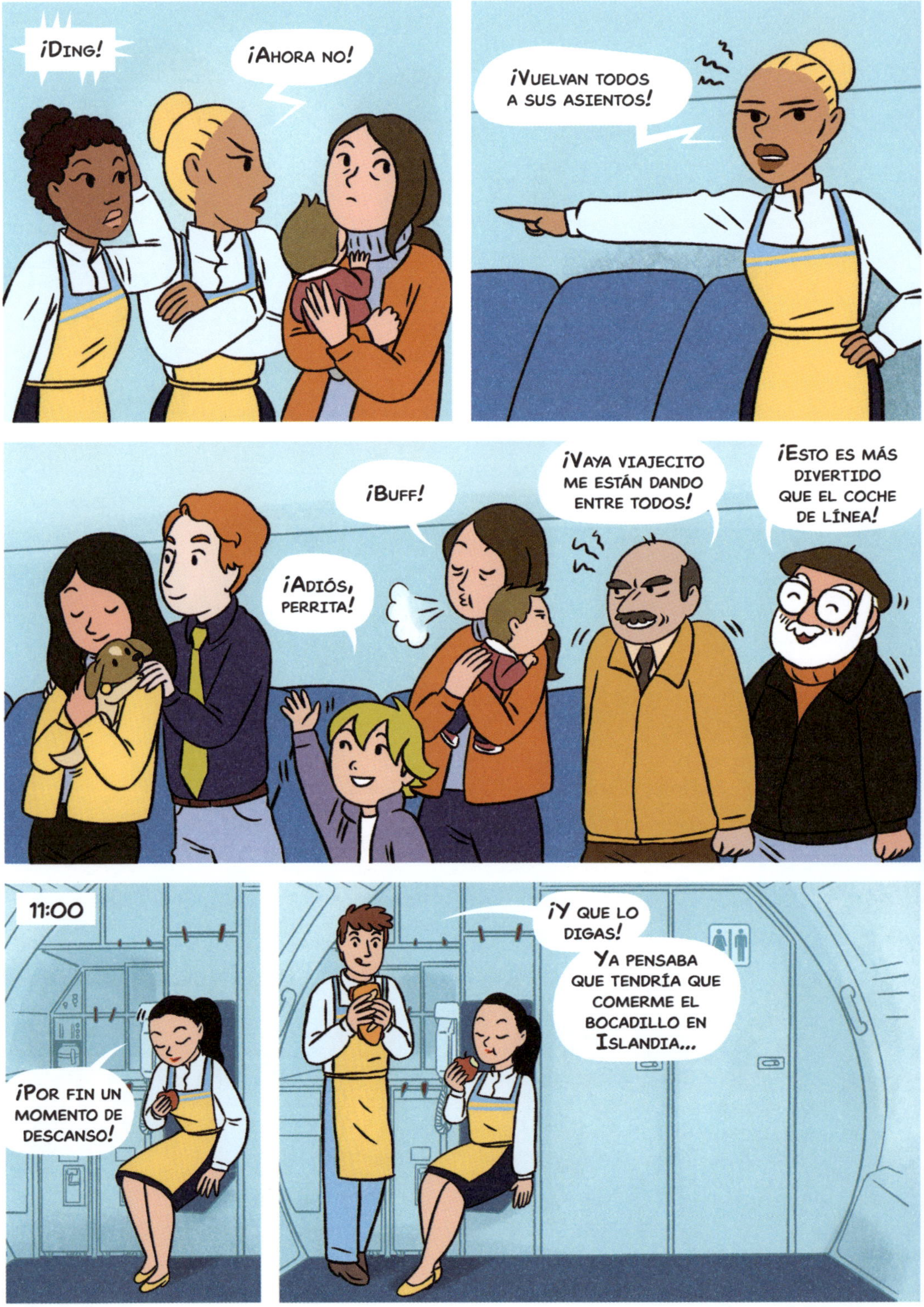
¡Ding!
¡Ahora no!
¡Vuelvan todos a sus asientos!
¡Adiós, perrita!
¡Buff!
¡Vaya viajecito me están dando entre todos!
¡Esto es más divertido que el coche de línea!
11:00
¡Por fin un momento de descanso!
¡Y que lo digas!
Ya pensaba que tendría que comerme el bocadillo en Islandia...

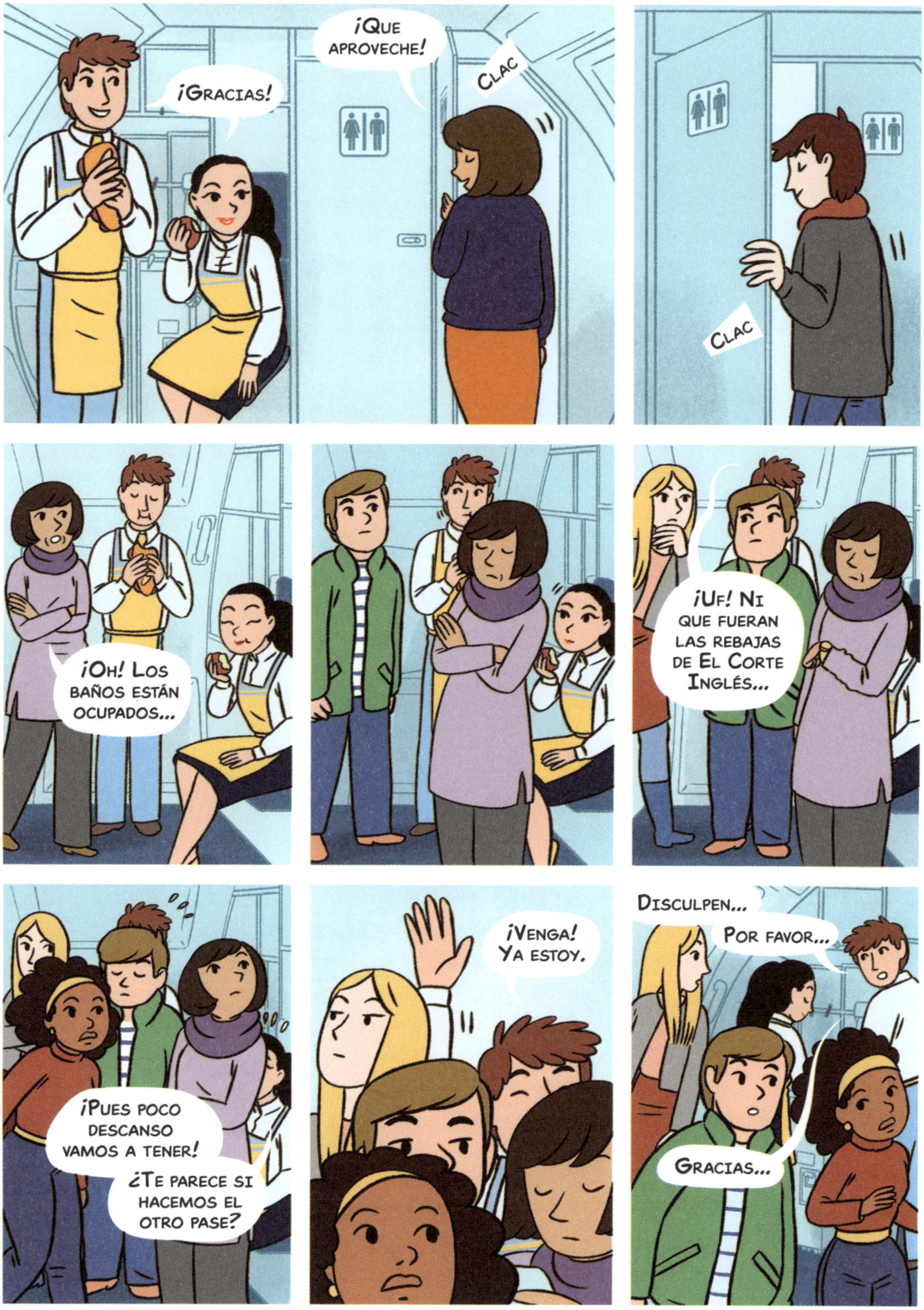
¡Gracias!
¡Que aproveche!
Clac
Clac
¡Oh! Los baños están ocupados...
¡Uf! Ni que fueran las rebajas de El Corte Inglés...
¡Pues poco descanso vamos a tener!
¿Te parece si hacemos el otro pase?
¡Venga! Ya estoy.
Disculpen...
Por favor...
Gracias...

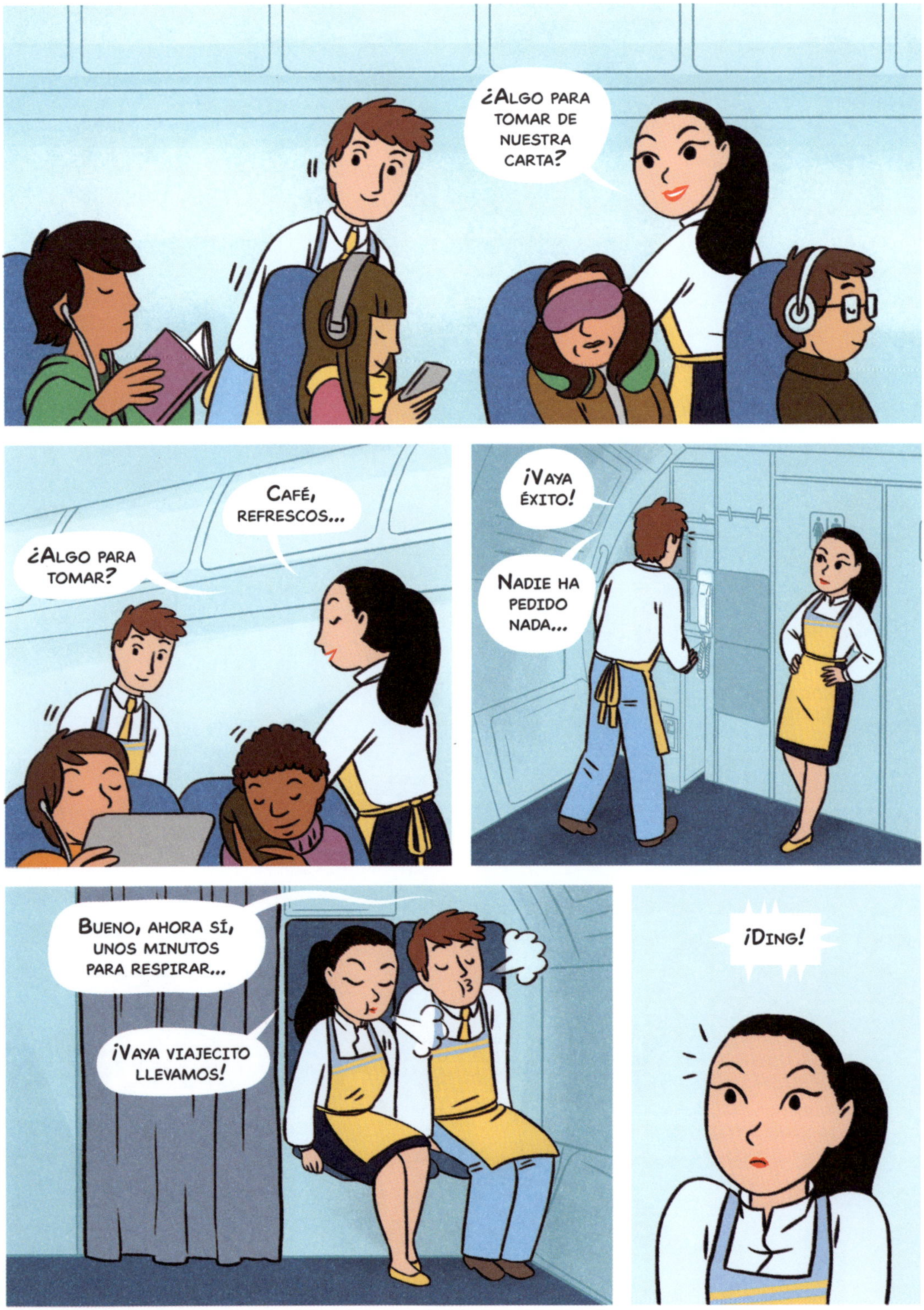
¿Algo para tomar de nuestra carta?
¿Algo para tomar?
Café, refrescos...
¡Vaya éxito!
Nadie ha pedido nada...
Bueno, ahora sí, unos minutos para respirar...
¡Vaya viajecito llevamos!
¡Ding!

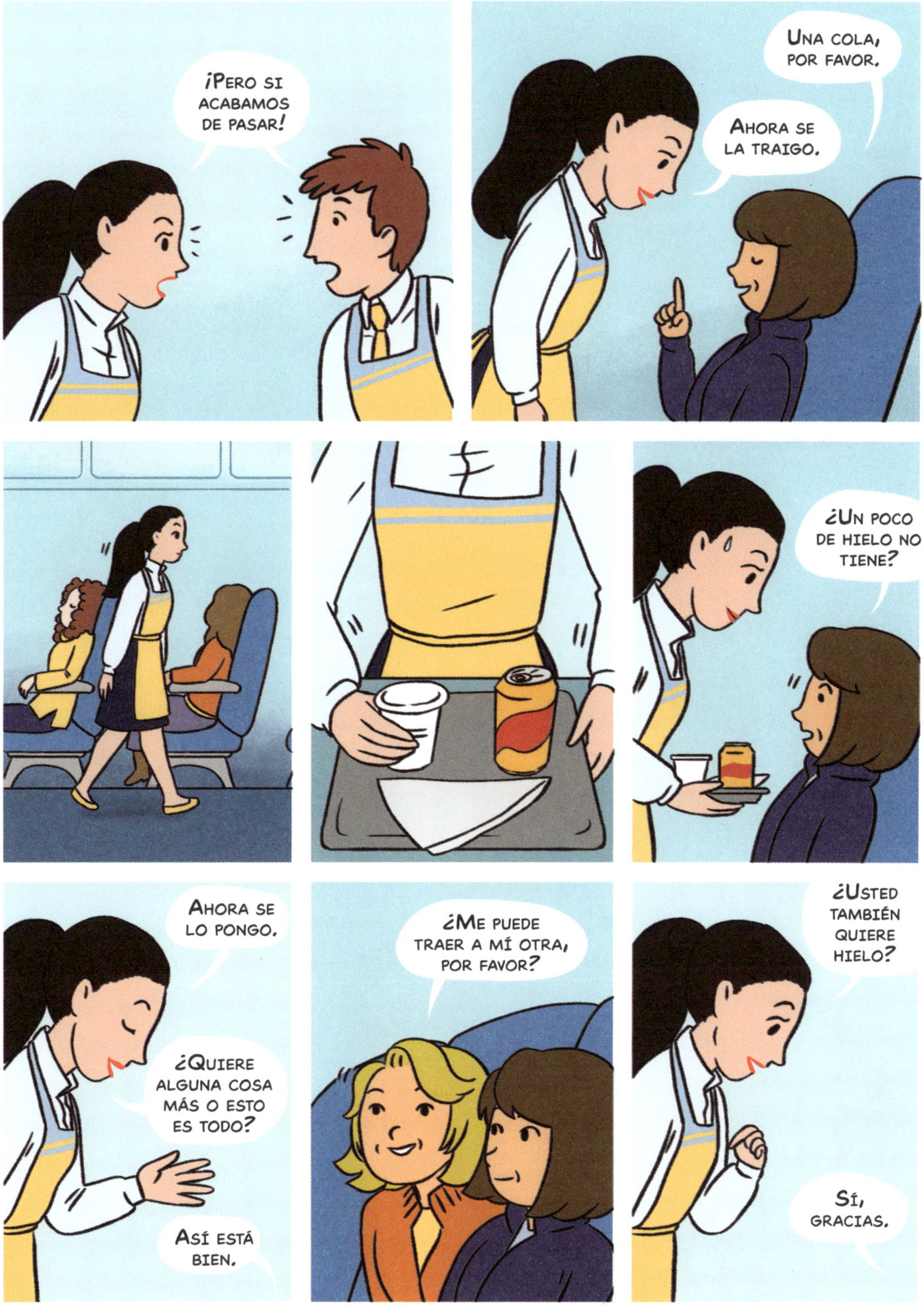
¡Pero si acabamos de pasar!
Una cola, por favor.
Ahora se la traigo.
¿Un poco de hielo no tiene?
Ahora se lo pongo.
¿Quiere alguna cosa más o esto es todo?
Así está bien.
¿Me puede traer a mí otra, por favor?
¿Usted también quiere hielo?
Sí, gracias.

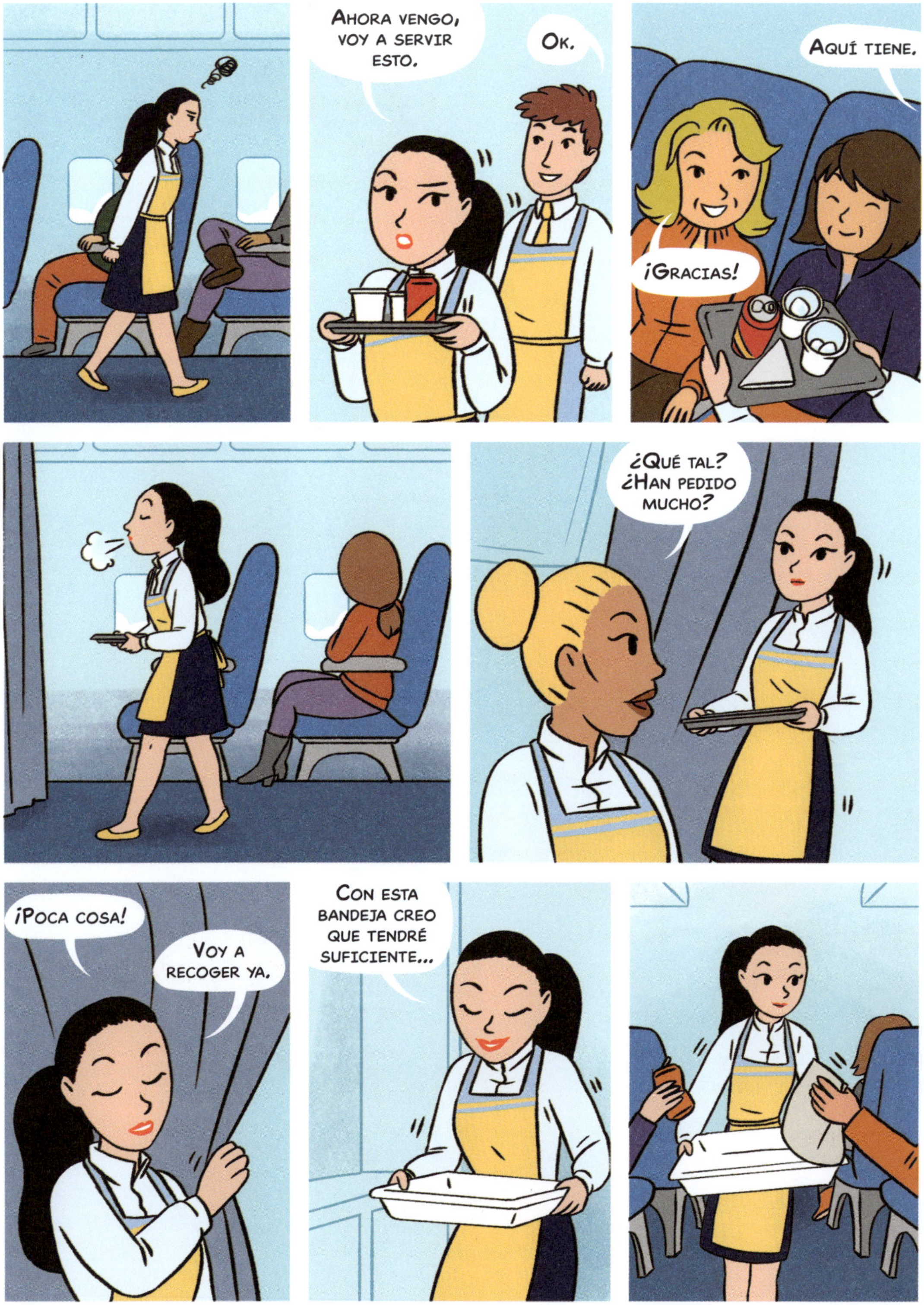
AHORA VENGO, VOY A SERVIR ESTO.
OK.
AQUÍ TIENE.
¡GRACIAS!
¿QUÉ TAL? ¿HAN PEDIDO MUCHO?
¡POCA COSA!
VOY A RECOGER YA.
CON ESTA BANDEJA CREO QUE TENDRÉ SUFICIENTE...

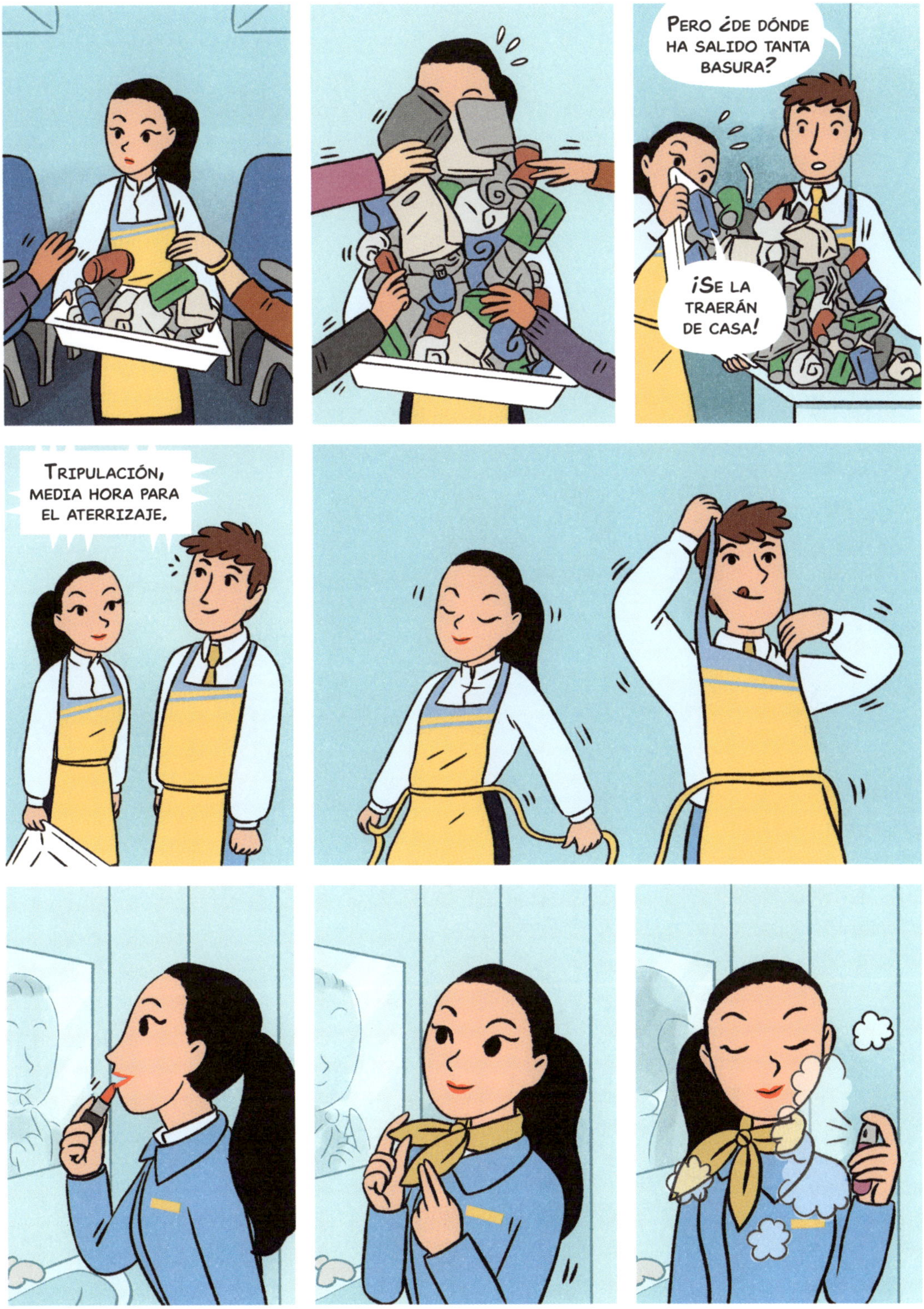
PERO ¿DE DÓNDE HA SALIDO TANTA BASURA?
¡SE LA TRAERÁN DE CASA!
TRIPULACIÓN, MEDIA HORA PARA EL ATERRIZAJE.

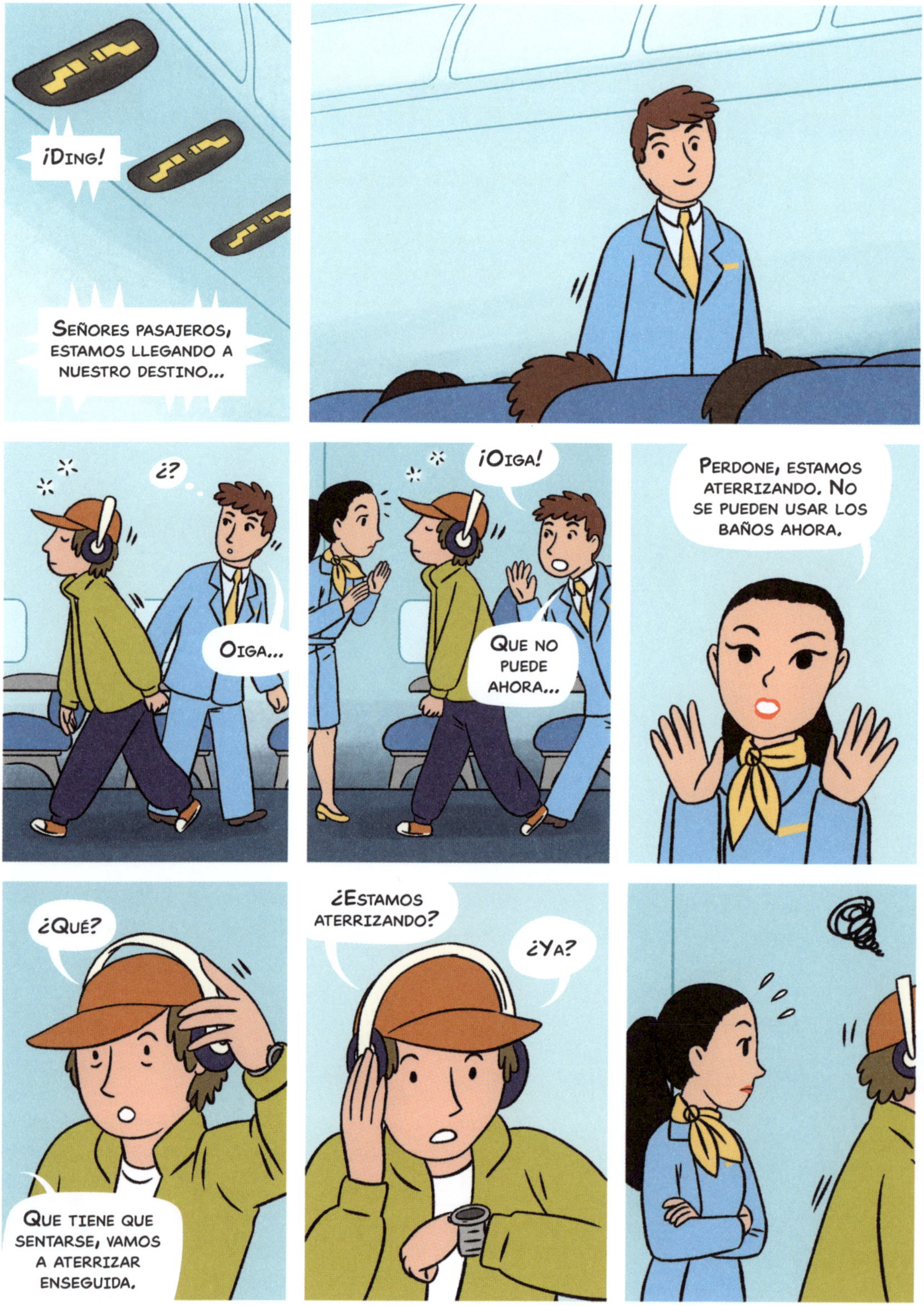
¡Ding!
Señores pasajeros, estamos llegando a nuestro destino...
¿?
Oiga...
¡Oiga!
Que no puede ahora...
Perdone, estamos aterrizando. No se pueden usar los baños ahora.
¿Qué?
Que tiene que sentarse, vamos a aterrizar enseguida.
¿Estamos aterrizando?
¿Ya?

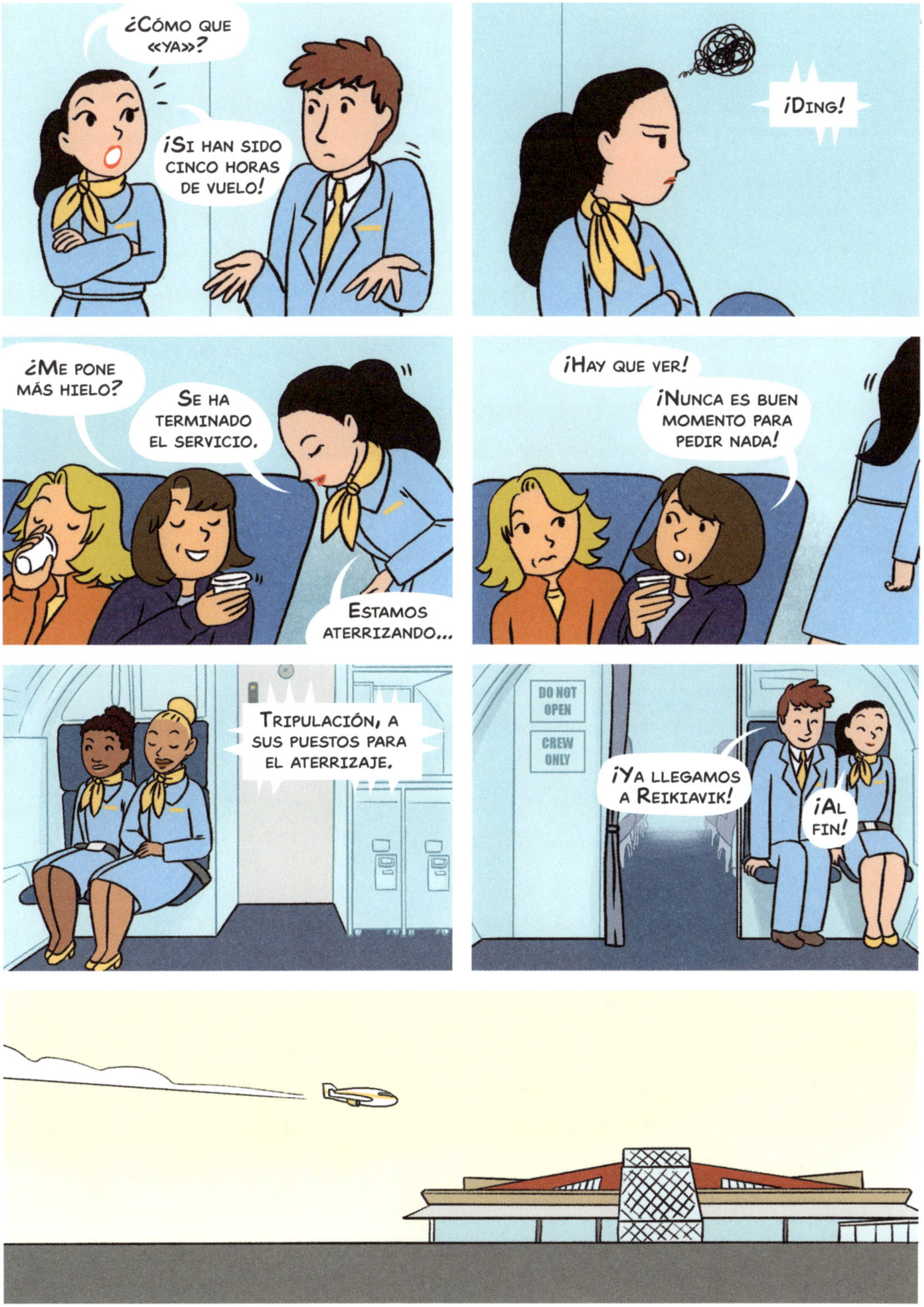
¿Cómo que «ya»?
¡Si han sido cinco horas de vuelo!
¡Ding!
¿Me pone más hielo?
Se ha terminado el servicio.
Estamos aterrizando...
¡Hay que ver!
¡Nunca es buen momento para pedir nada!
Tripulación, a sus puestos para el aterrizaje.
DO NOT OPEN
CREW ONLY
¡Ya llegamos a Reikiavik!
¡Al fin!

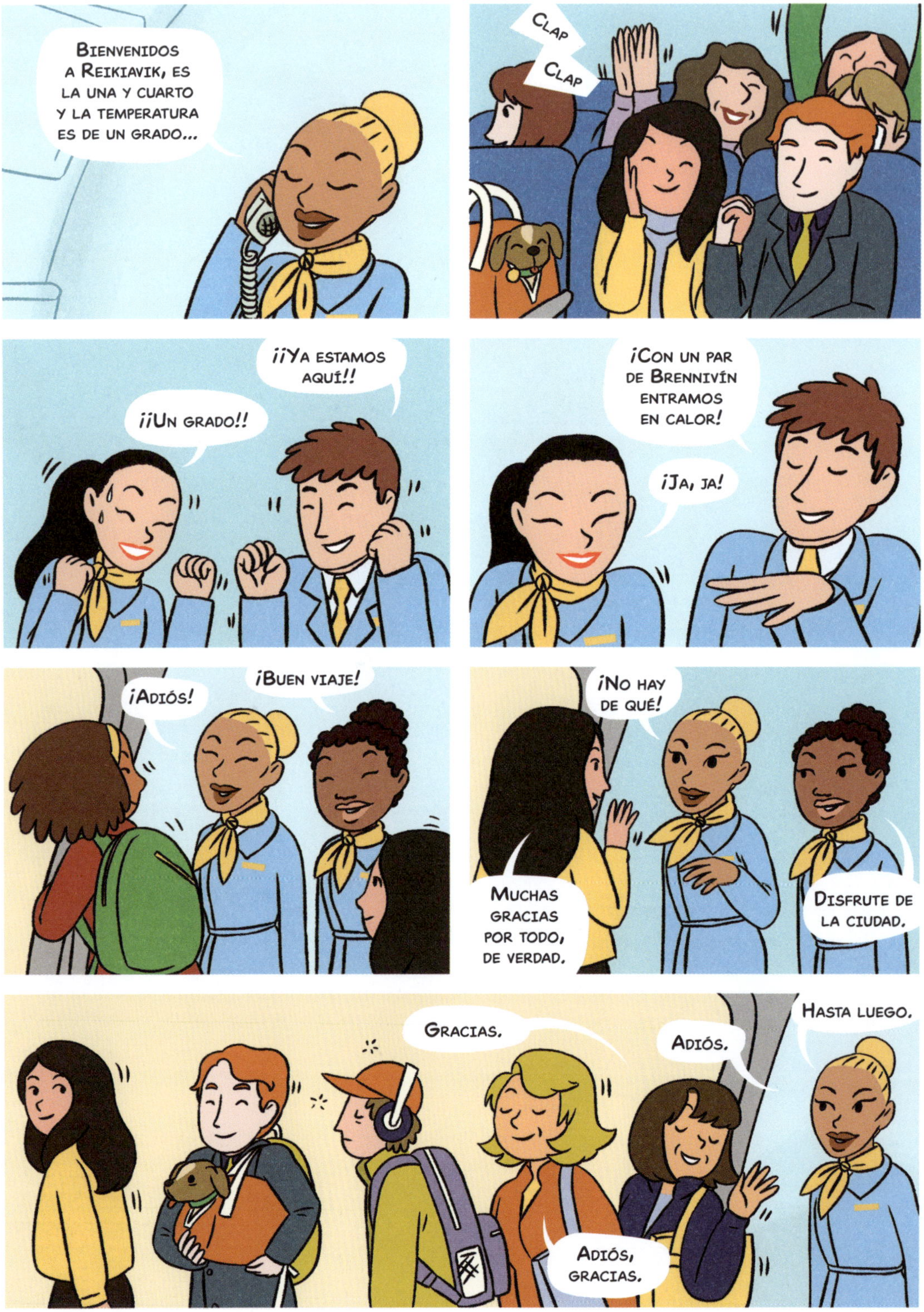
Bienvenidos a Reikiavik, es la una y cuarto y la temperatura es de un grado...
Clap
Clap
¡¡Un grado!!
¡¡Ya estamos aquí!!
¡Con un par de Brennivín entramos en calor!
¡Ja, ja!
¡Adiós!
¡Buen viaje!
¡No hay de qué!
Muchas gracias por todo, de verdad.
Disfrute de la ciudad.
Gracias.
Adiós.
Hasta luego.
Adiós, gracias.

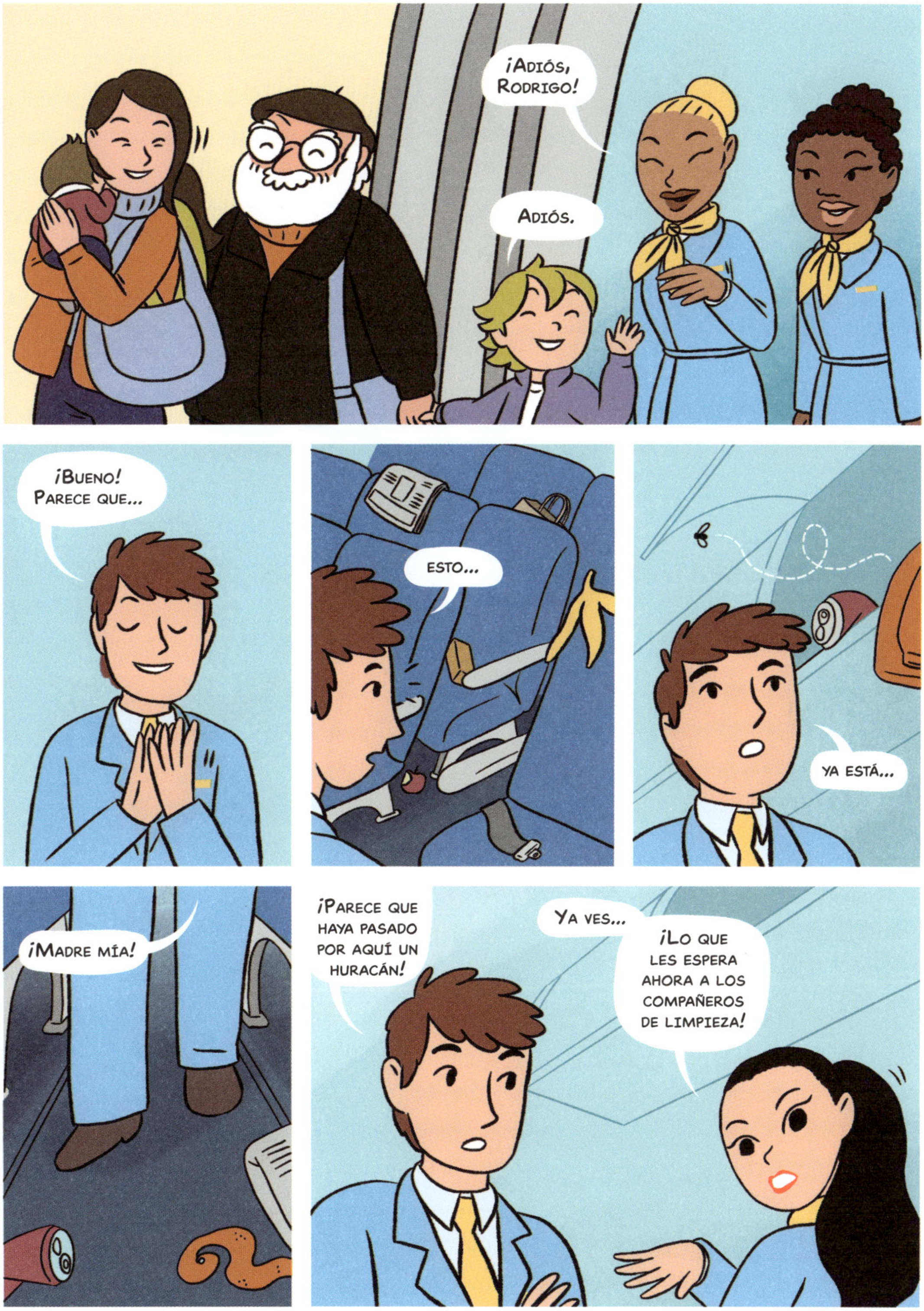

¡Adiós, Rodrigo!
Adiós.
¡Bueno! Parece que...
Esto...
Ya está...
¡Madre mía!
¡Parece que haya pasado por aquí un huracán!
Ya ves...
¡Lo que les espera ahora a los compañeros de limpieza!

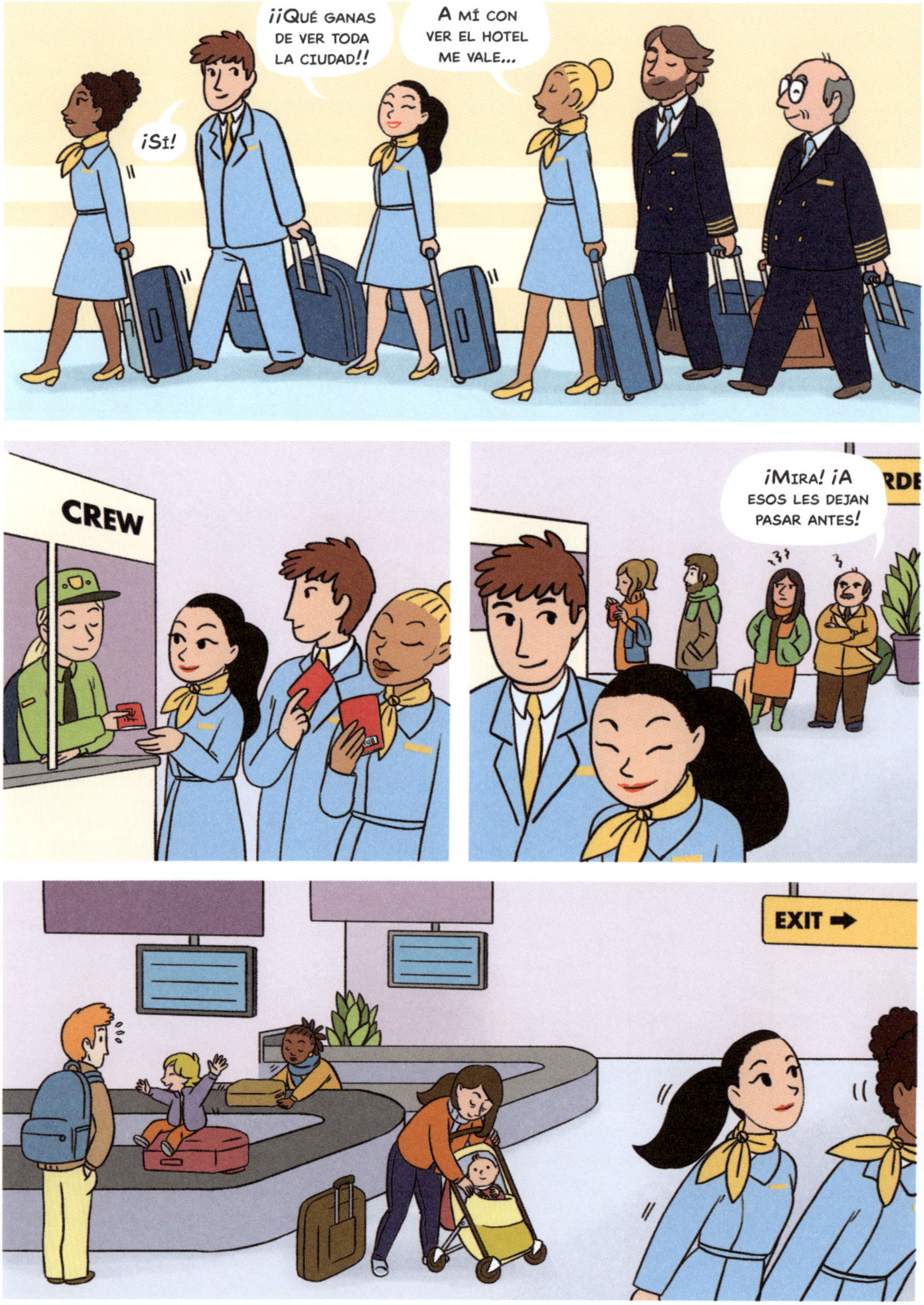
¡Sí!
¡¡Qué ganas de ver toda la ciudad!!
A mí con ver el hotel me vale...
CREW
RDE
¡Mira! ¡A esos les dejan pasar antes!
EXIT →

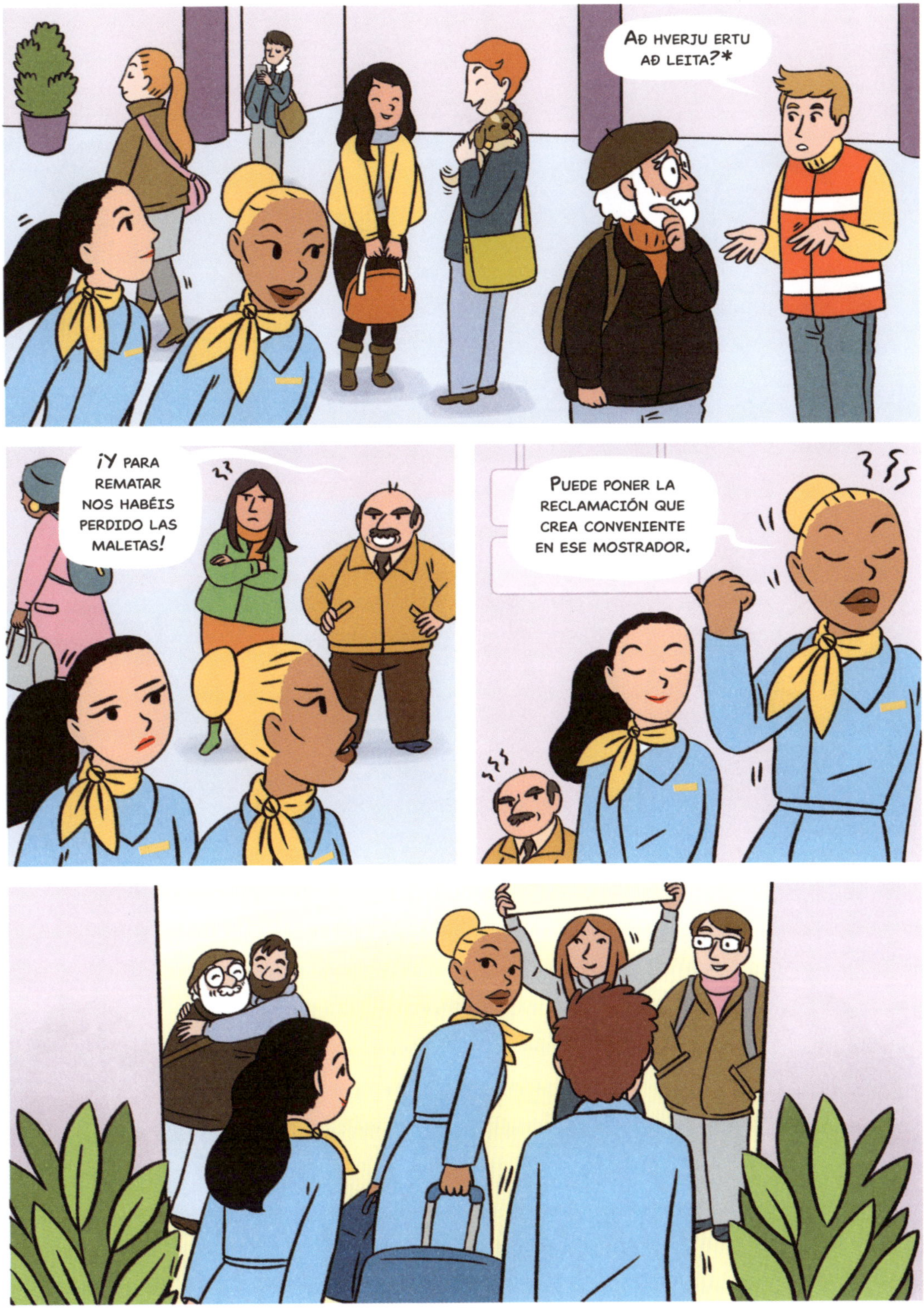
AÐ HVERJU ERTU AÐ LEITA?*
¡Y PARA REMATAR NOS HABÉIS PERDIDO LAS MALETAS!
PUEDE PONER LA RECLAMACIÓN QUE CREA CONVENIENTE EN ESE MOSTRADOR.

* ¿Qué está buscando?

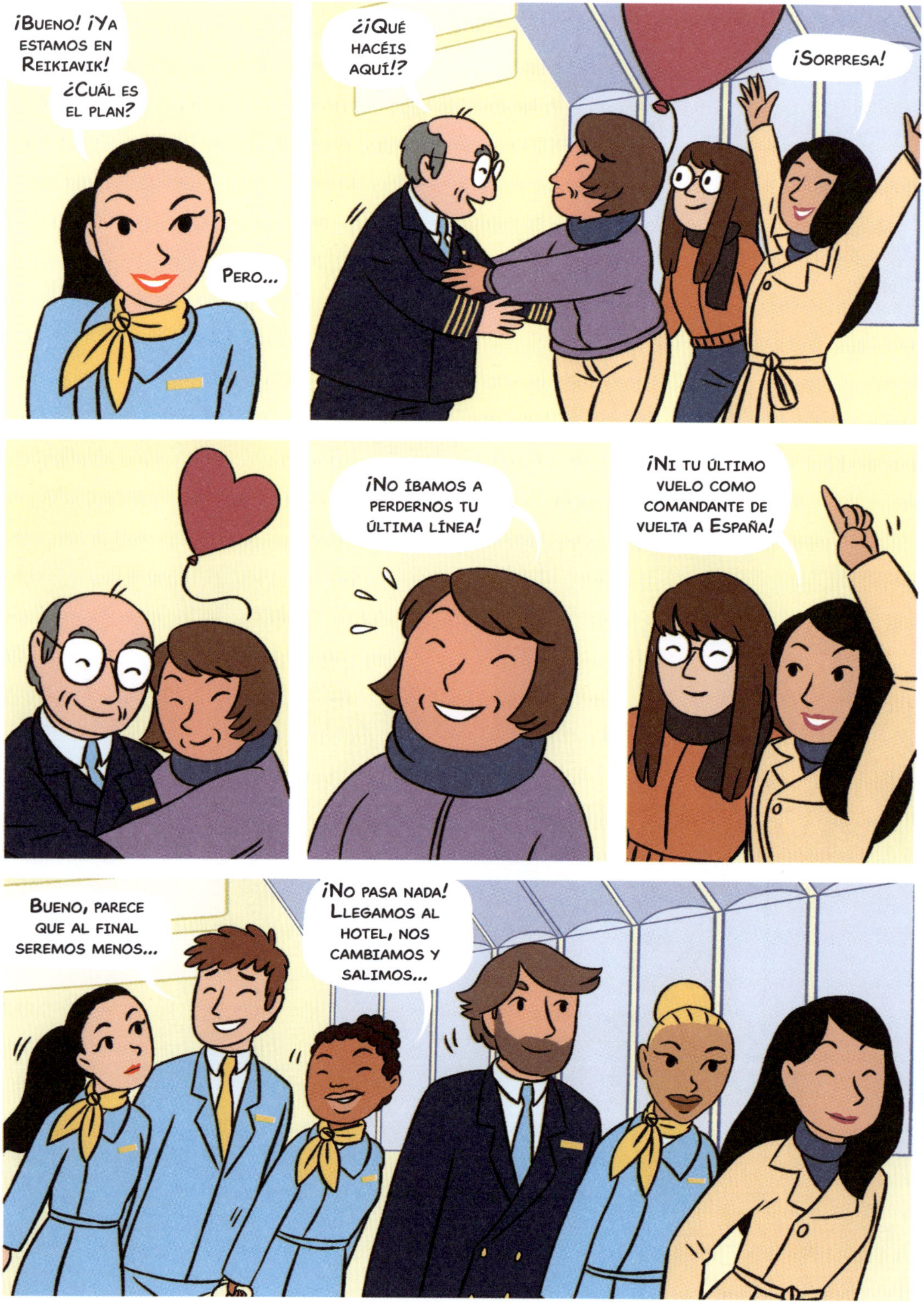
¡Bueno! ¡Ya estamos en Reikiavik!
¿Cuál es el plan?
Pero...
¿¡Qué hacéis aquí!?
¡Sorpresa!
¡No íbamos a perdernos tu última línea!
¡Ni tu último vuelo como comandante de vuelta a España!
Bueno, parece que al final seremos menos...
¡No pasa nada! Llegamos al hotel, nos cambiamos y salimos...

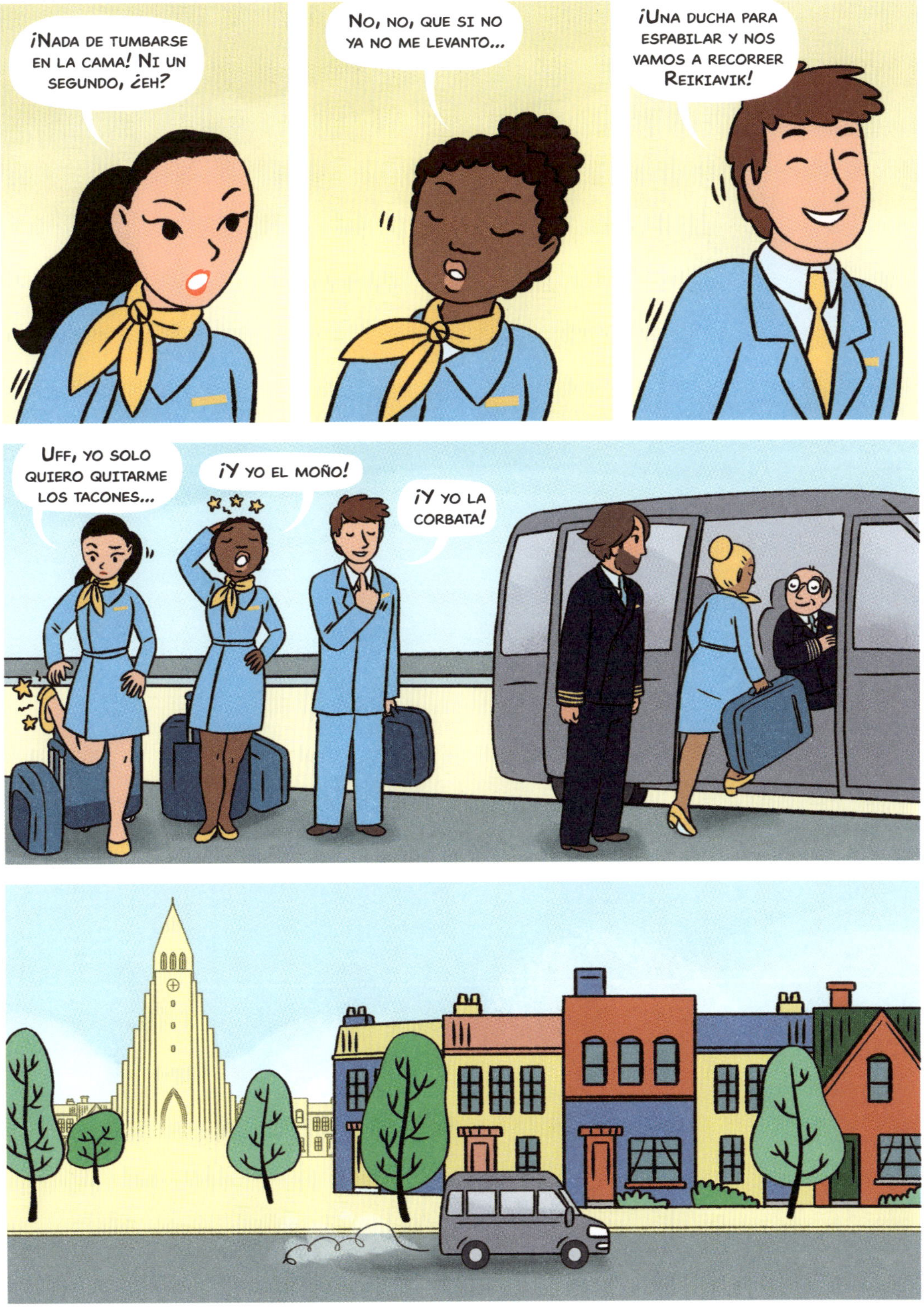
¡Nada de tumbarse en la cama! Ni un segundo, ¿eh?
No, no, que si no ya no me levanto...
¡Una ducha para espabilar y nos vamos a recorrer Reikiavik!
Uff, yo solo quiero quitarme los tacones...
¡Y yo el moño!
¡Y yo la corbata!

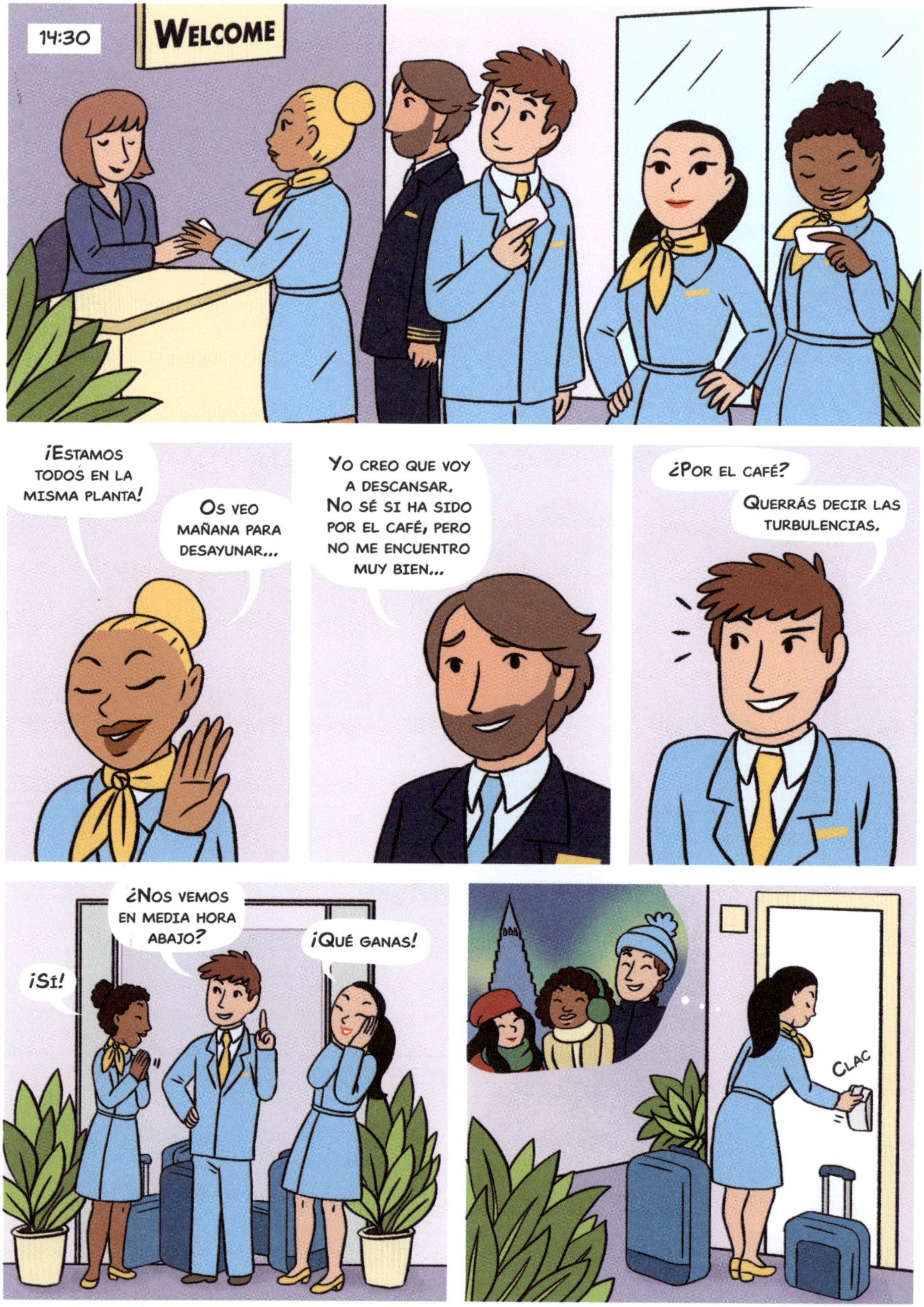
14:30
WELCOME
¡ESTAMOS TODOS EN LA MISMA PLANTA!
OS VEO MAÑANA PARA DESAYUNAR...
YO CREO QUE VOY A DESCANSAR. NO SÉ SI HA SIDO POR EL CAFÉ, PERO NO ME ENCUENTRO MUY BIEN...
¿POR EL CAFÉ?
QUERRÁS DECIR LAS TURBULENCIAS.
¿NOS VEMOS EN MEDIA HORA ABAJO?
¡SÍ!
¡QUÉ GANAS!
CLAC

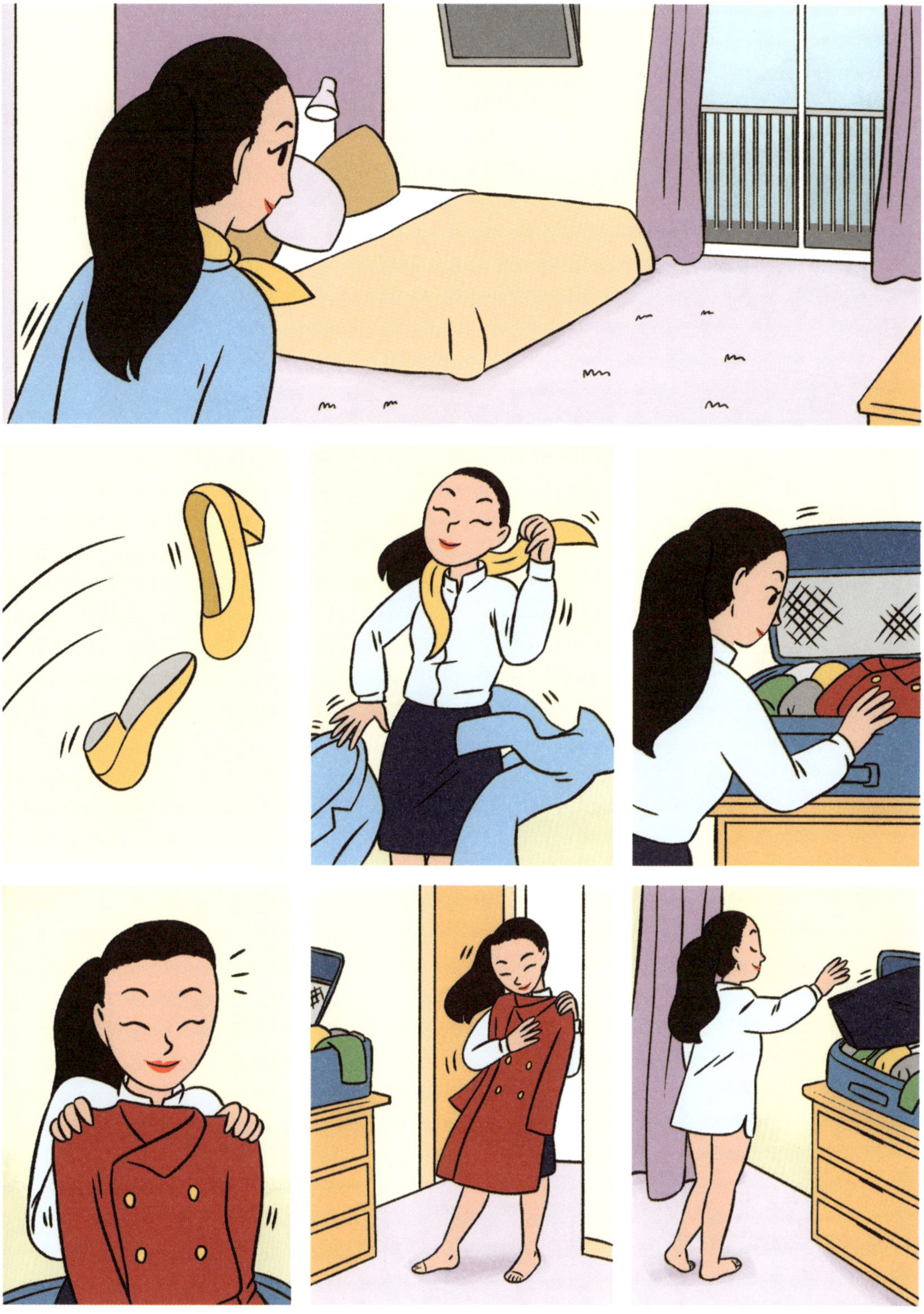

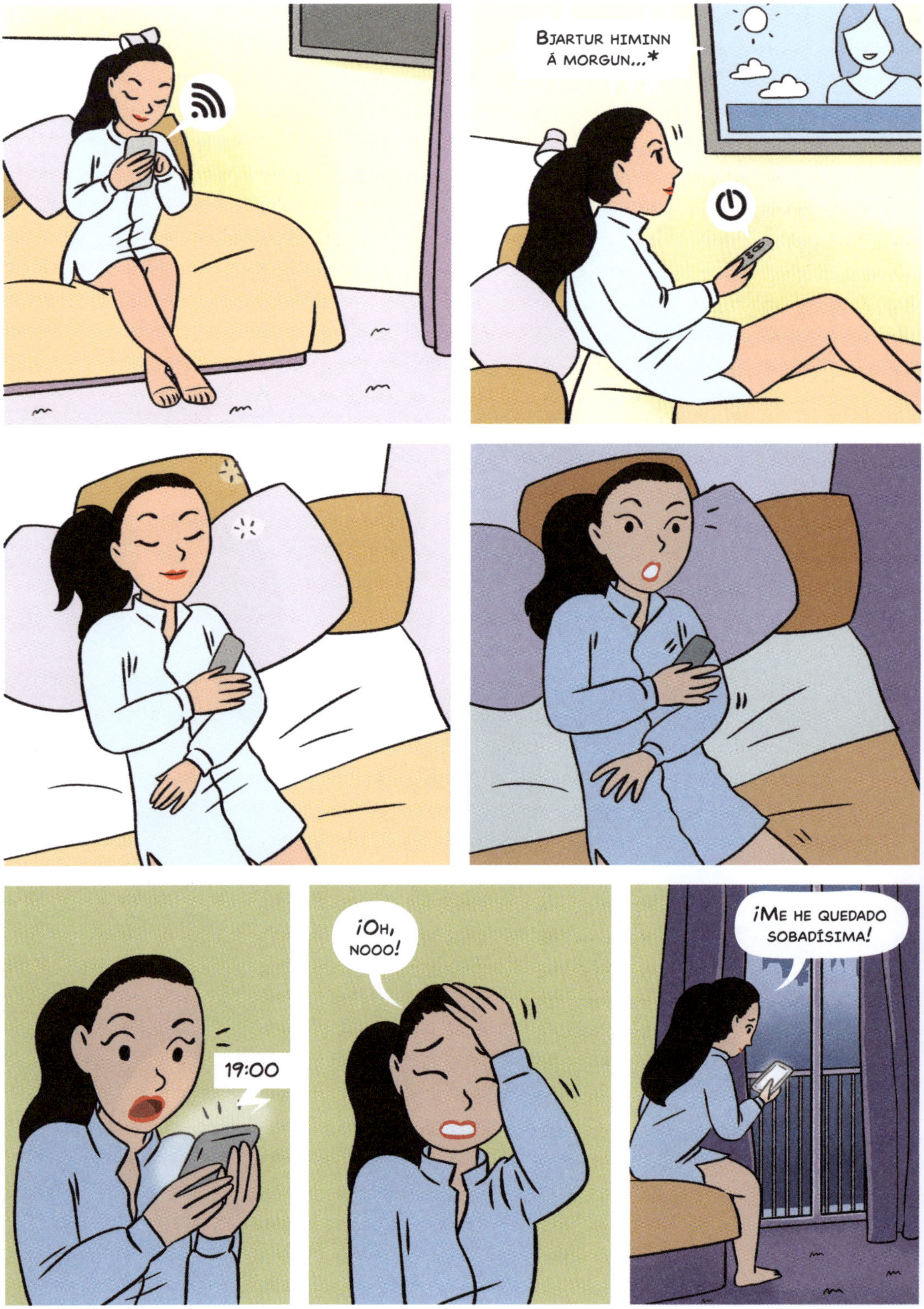
Bjartur himinn á morgun...*
19:00
¡Oh, nooo!
¡Me he quedado sobadísima!

* Cielos despejados mañana...

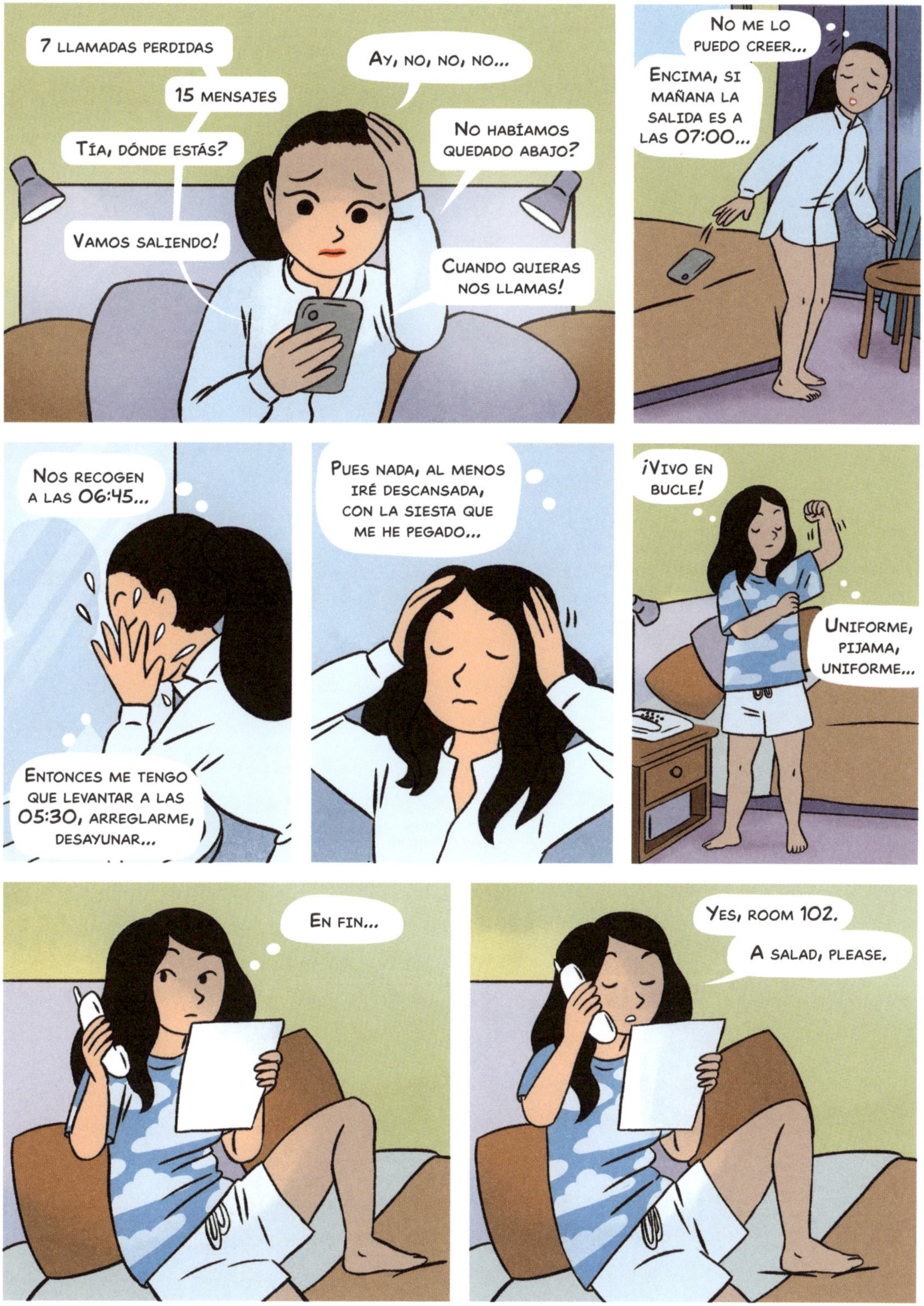
7 llamadas perdidas
15 mensajes
Tía, dónde estás?
Vamos saliendo!
Ay, no, no, no...
No habíamos quedado abajo?
Cuando quieras nos llamas!
No me lo puedo creer...
Encima, si mañana la salida es a las 07:00...
Nos recogen a las 06:45...
Entonces me tengo que levantar a las 05:30, arreglarme, desayunar...
Pues nada, al menos iré descansada, con la siesta que me he pegado...
¡Vivo en bucle!
Uniforme, pijama, uniforme...
En fin...
Yes, room 102.
A salad, please.

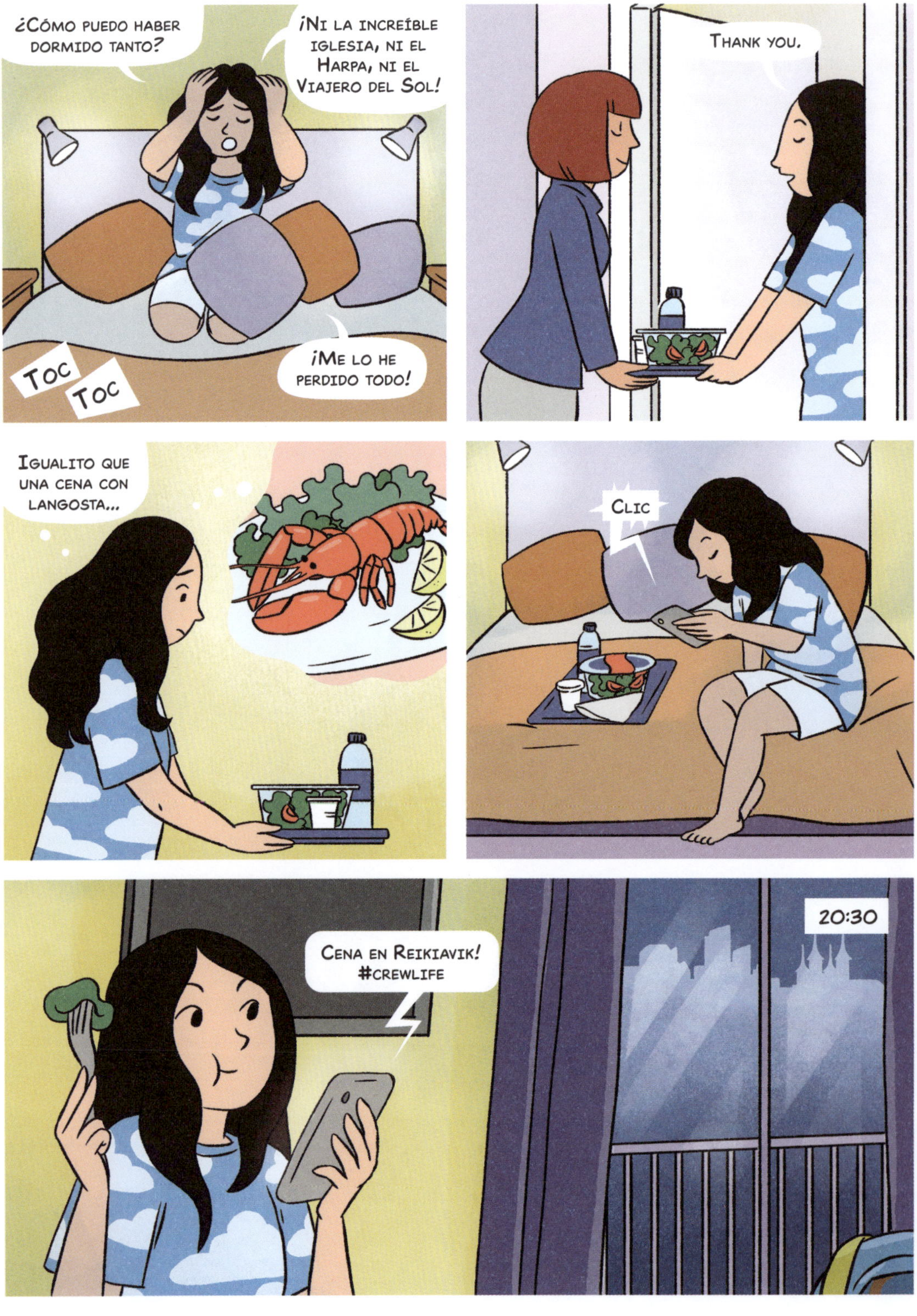
¿Cómo puedo haber dormido tanto?
¡Ni la increíble iglesia, ni el Harpa, ni el Viajero del Sol!
¡Me lo he perdido todo!
Toc
Toc
Thank you.
Igualito que una cena con langosta...
Clic
Cena en Reikiavik! #crewlife
20:30

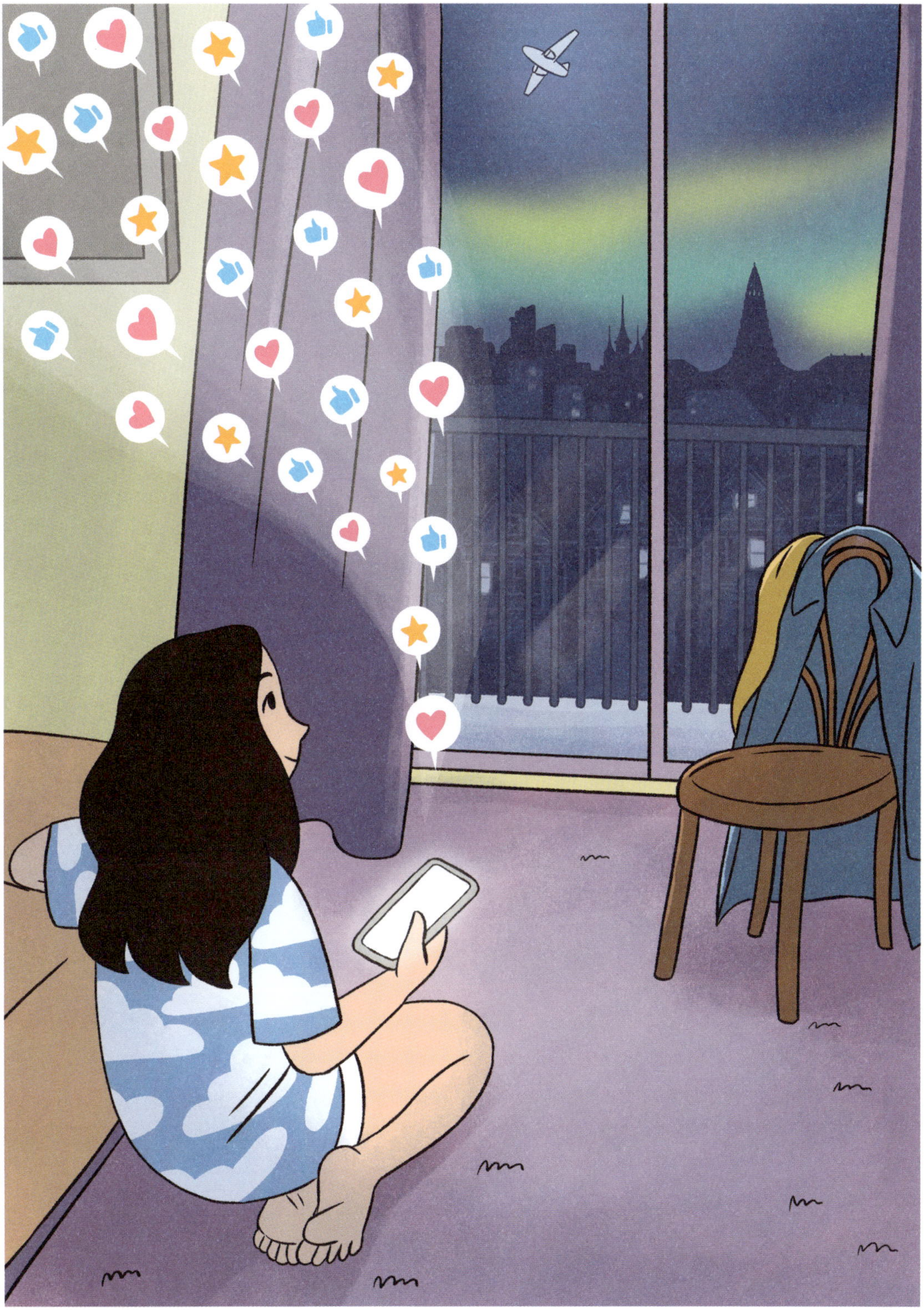

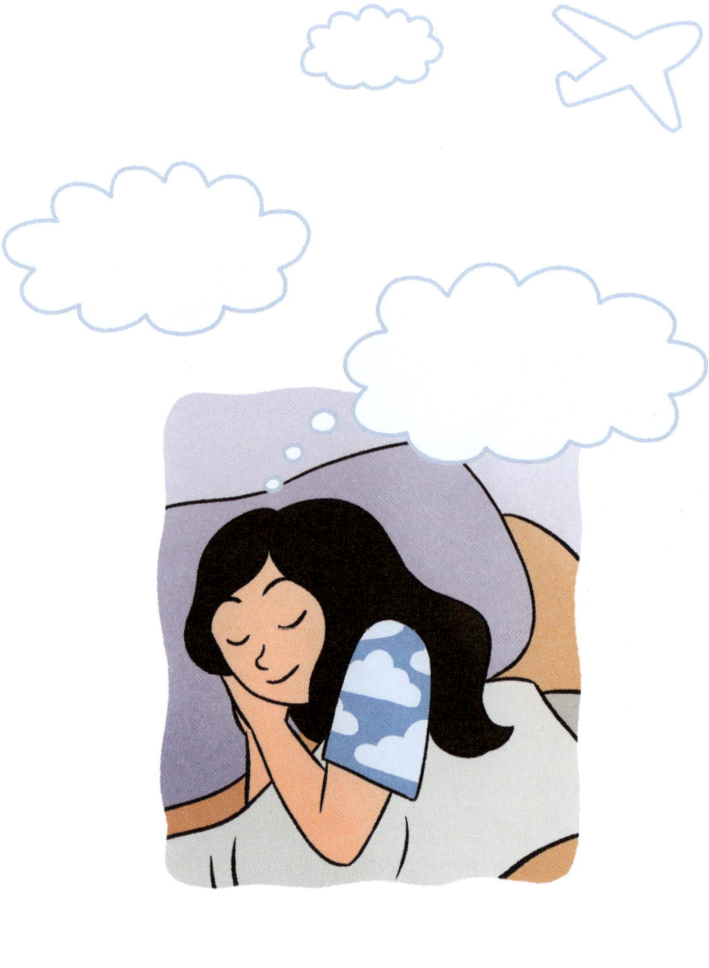

¡Buen viaje!

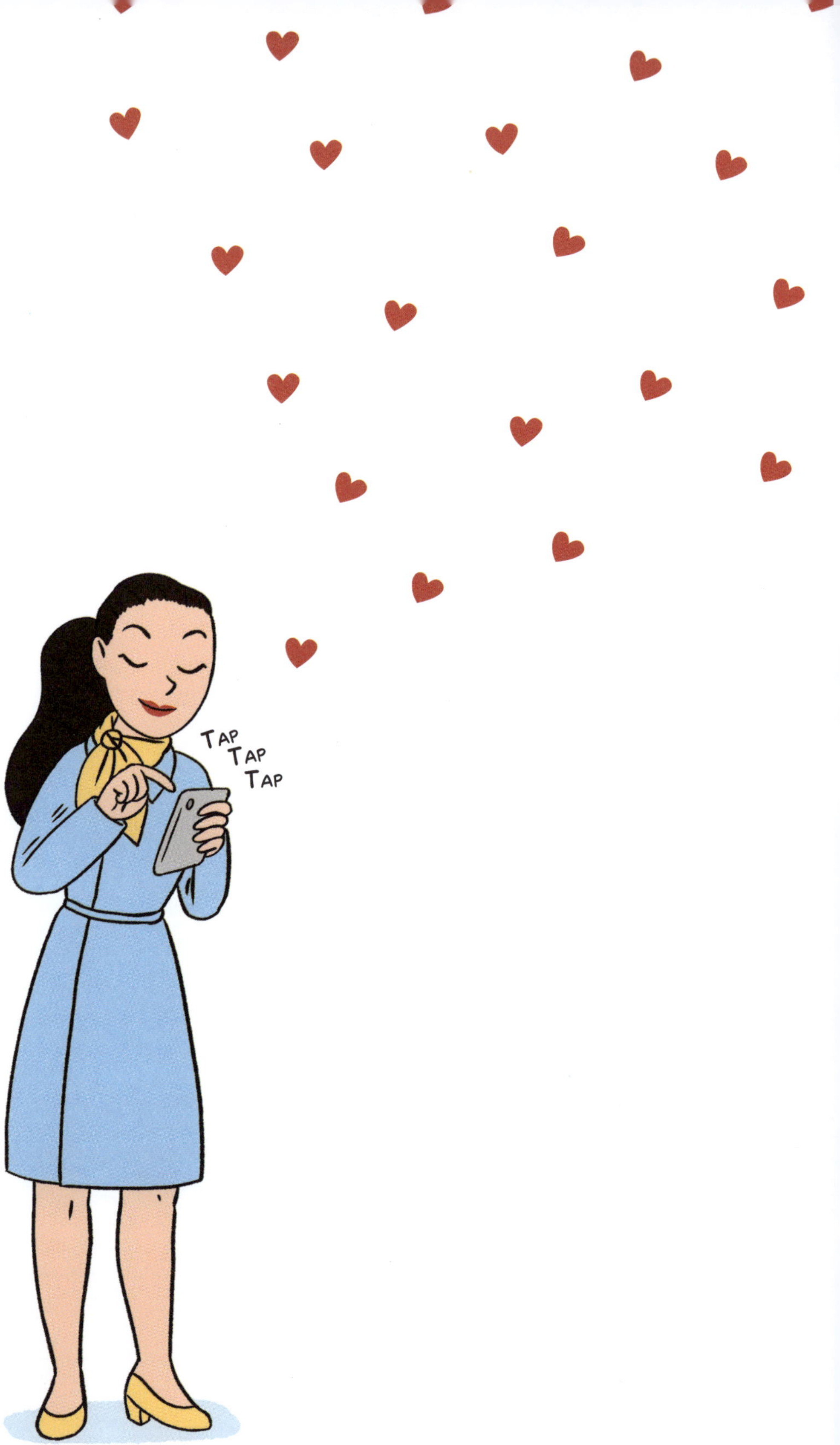
TAP
TAP
TAP

Gracias a los que seguís cada día a Azafata hipóxica, sin vosotros la tripulación estaría incompleta y este libro nunca habría sido posible.

A mis padres, que me han dado alas para volar.

A Álvaro, mi chaleco salvavidas.

A Tati, por acompañarme en cada aventura solo con billete de ida.

A Ana, por su profesionalidad, su cercanía y por darme la oportunidad de materializar este proyecto.

A Cinta, por su talento y por conseguir que Azafata hipóxica traspase la pantalla.

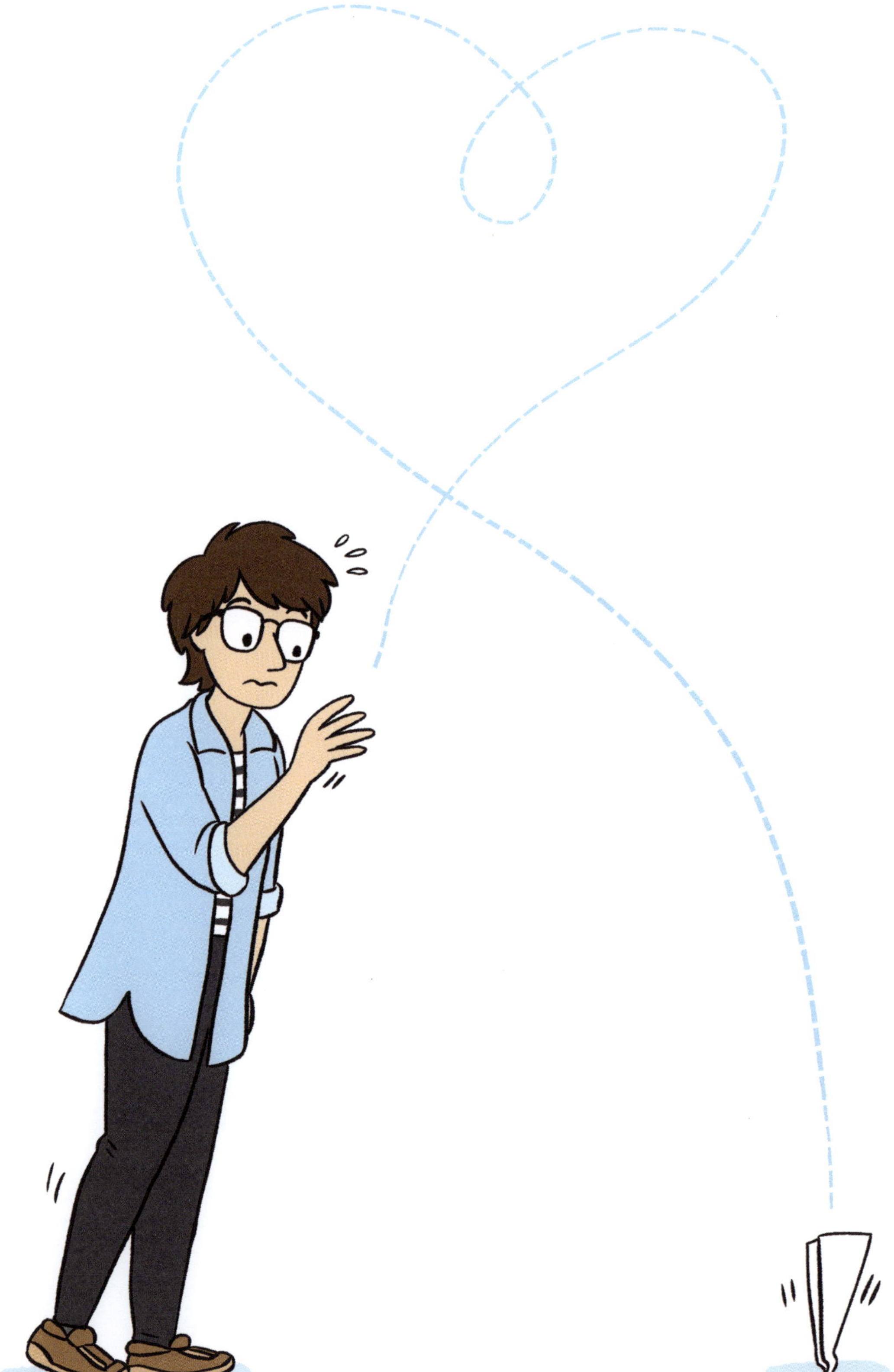

A MIS PADRES, A LOS QUE DEDICO TODOS MIS LIBROS.

A ANTXON, QUE ME ACOMPAÑA EN CADA PÁGINA.

A LOS COMPAÑEROS DE ESTUDIO QUE HE TENIDO DURANTE AÑOS TANTO EN LA APIC COMO EN POBLENOU, POR LAS IDEAS, LOS ÁNIMOS, LOS CAFÉS Y LAS RISAS.

A ANA, POR DARME LA OPORTUNIDAD DE TRABAJAR EN ESTE LIBRO.

A ANDREA, POR SU ENTUSIASMO Y POR LAS CLASES DE «SEGURIDAD AÉREA PARA DUMMIES» CON LAS QUE ME ENSEÑÓ CÓMO ES POR DENTRO UN AVIÓN.

¡GRACIAS A TODOS!

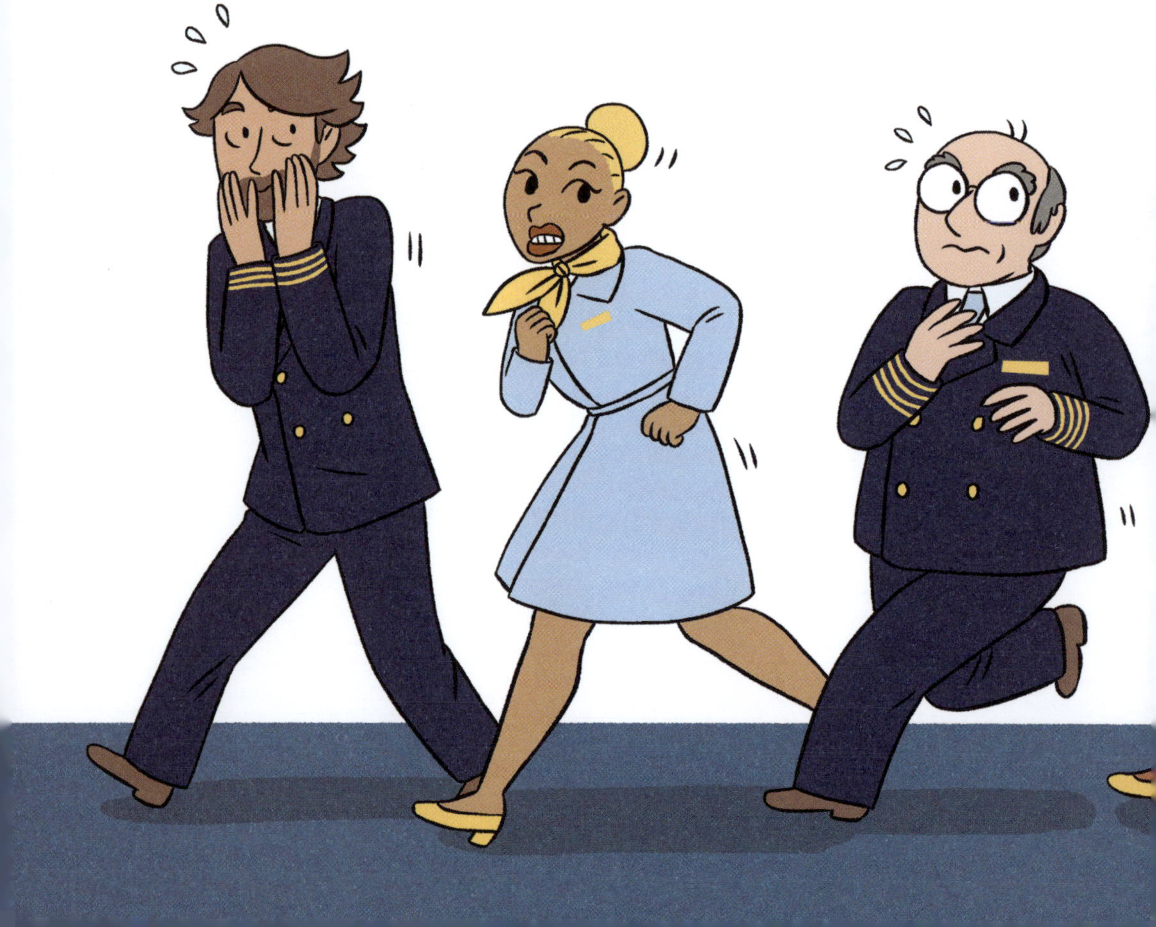

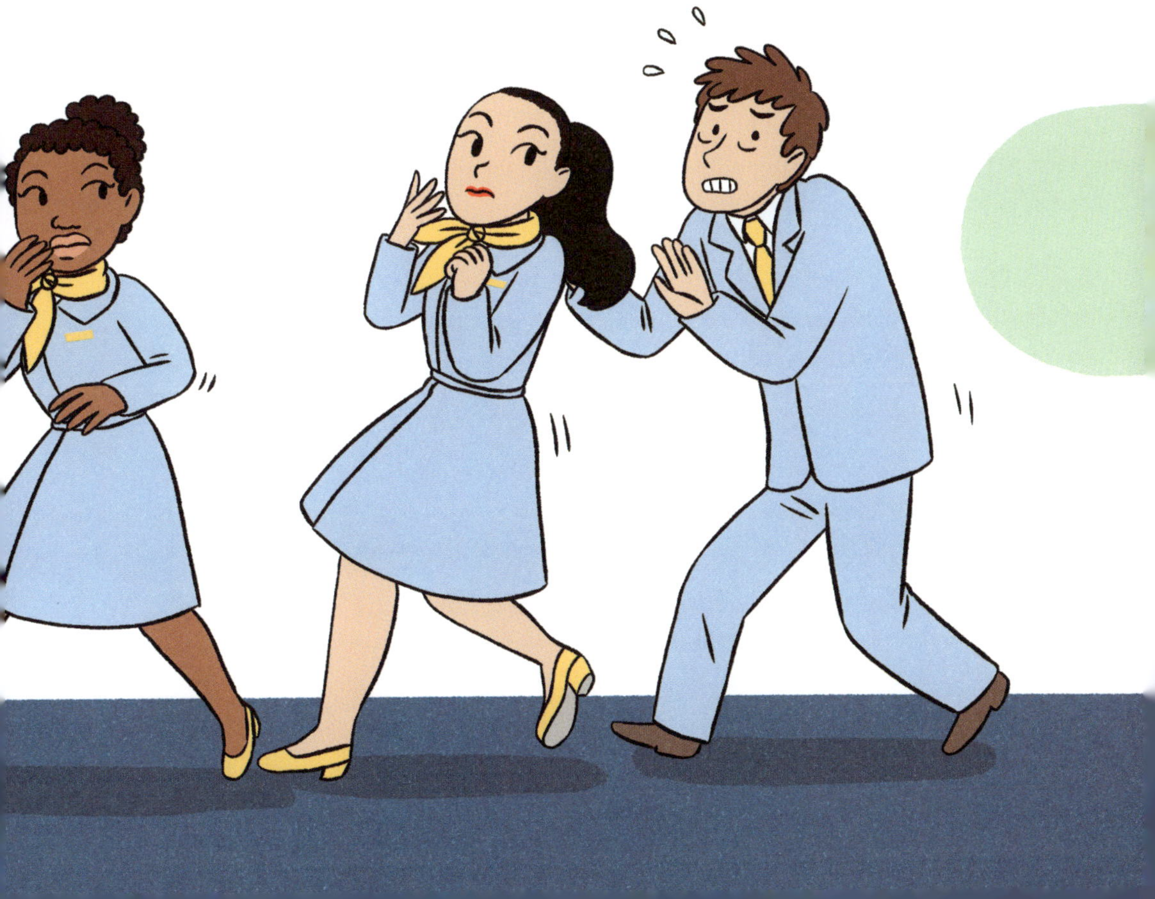

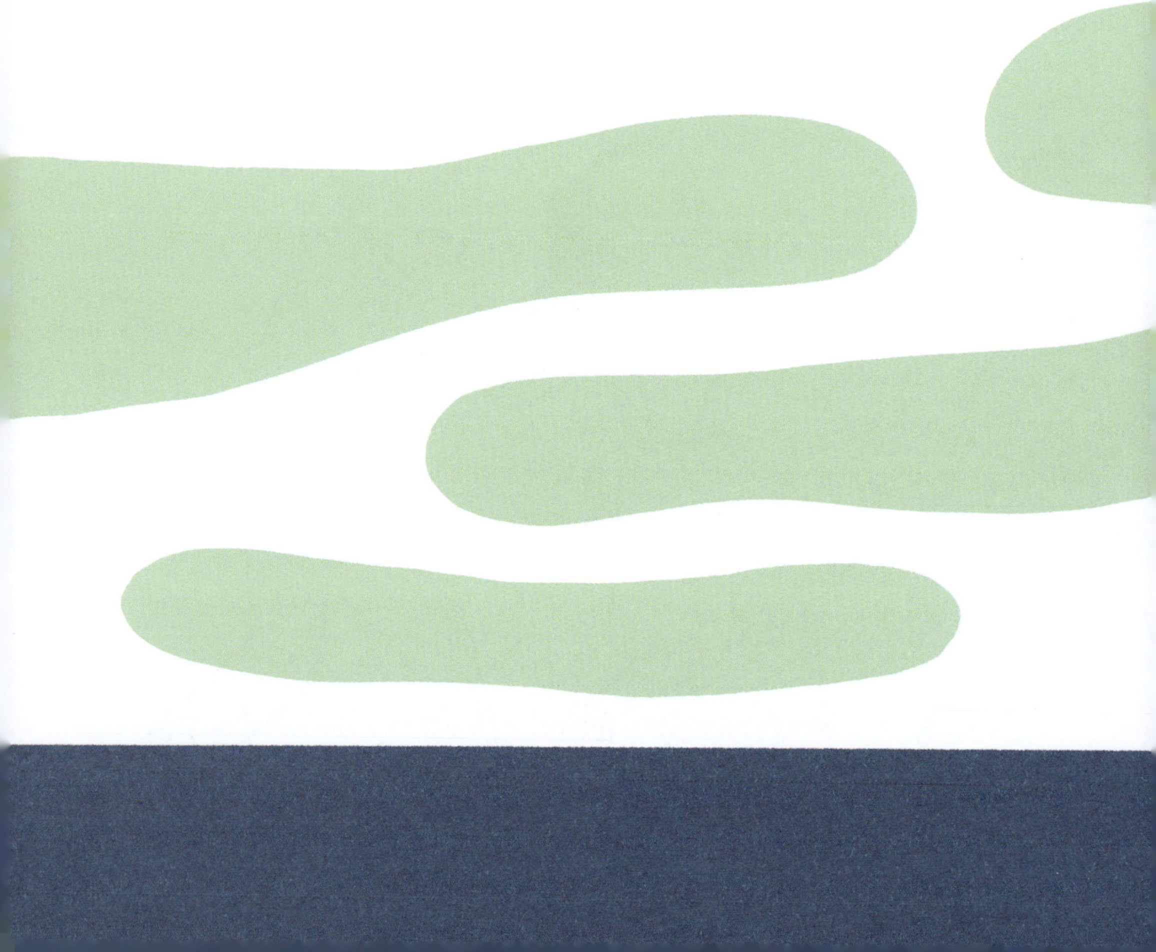

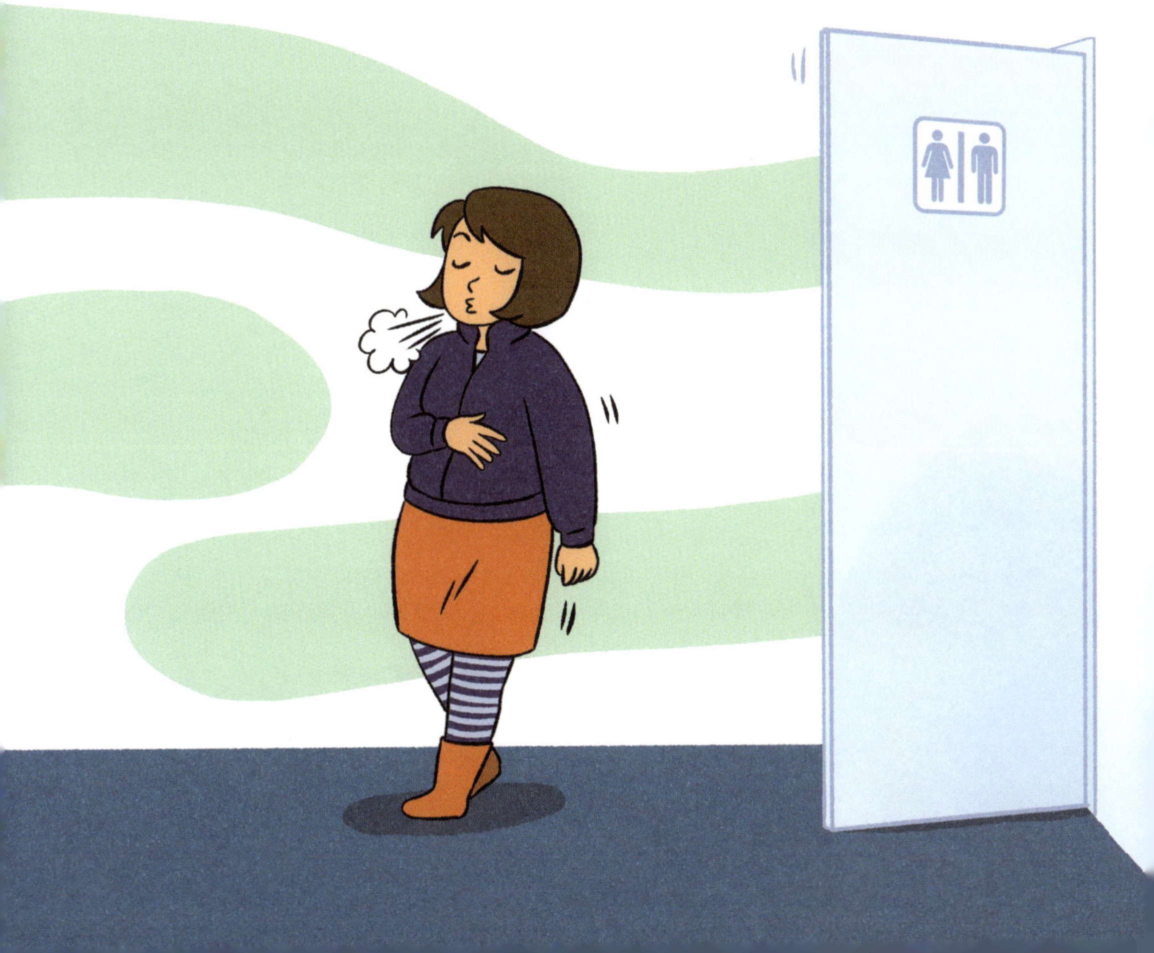

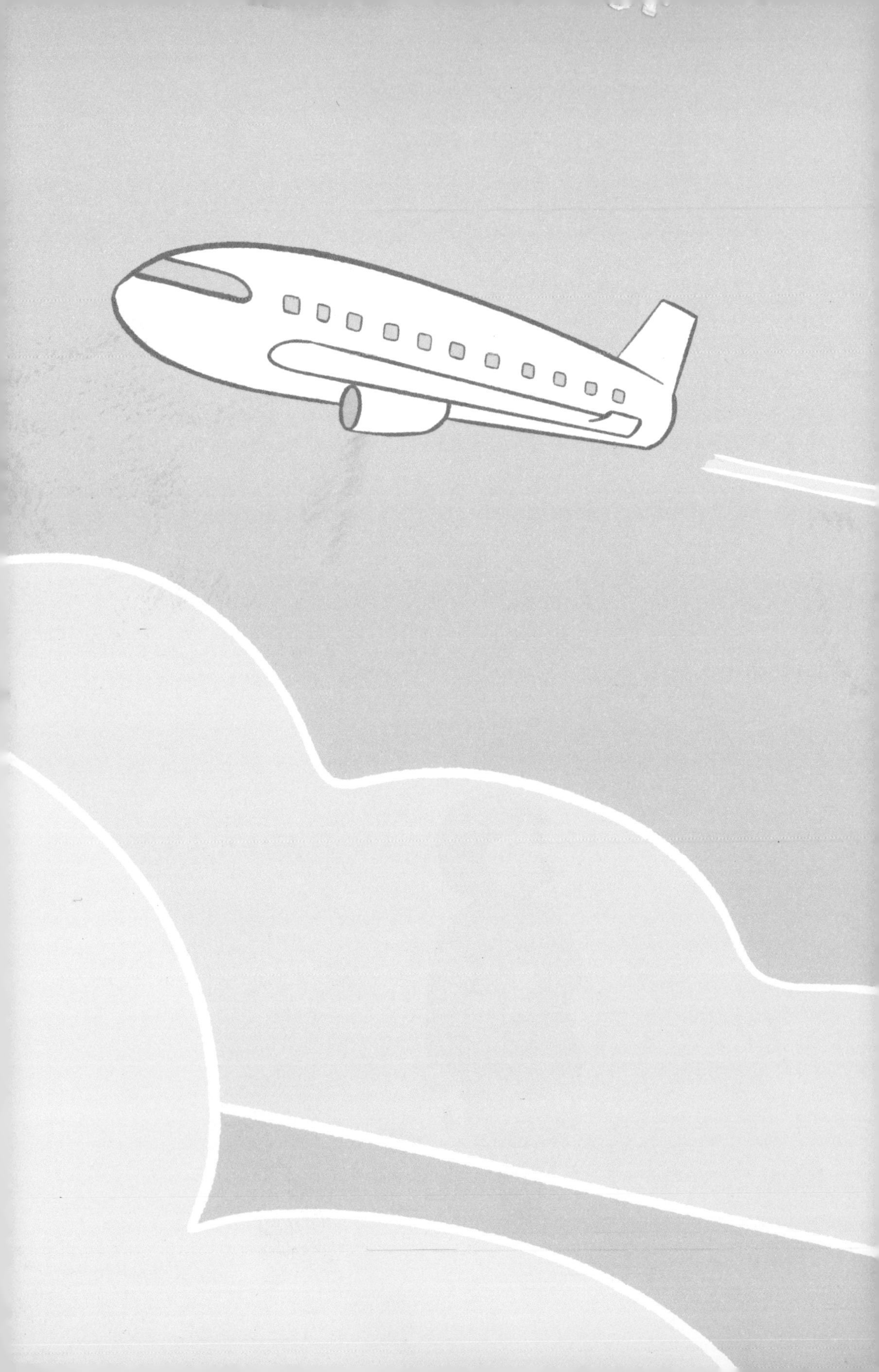